走向
田野……

番人后裔

杨廷贵 著

目录

第五章

世事如云

世事洞明皆学问，

人情练达即文章。

——（清）曹雪芹

写了你的村庄，

便写了世界。

——（俄）列夫·托尔斯泰

一方水土养一方人。

——民谚

人老了，

会被历史忘记；

历史老了，

会被后人忘记。

——虫贝

一方水土

第一章……

面对曲家湾复杂的文化背景和人们的现实处境，以及自己想要表达的意旨，并藉此传达出中国式经验，就不得不做一些略嫌冗长的资料铺陈。为着追根刨底，把鄱阳湖文化形成的来龙去脉，都昌人性格锻炼成如此模样的心路历程，做一做必要的交代，在我看来是不可或缺的。只有这样才可能读得懂曲家湾，懂得湾里人处事何以这样，而非那样，才有理论意义上的注脚。

读者如嫌麻烦，有些章节是可以略过去不读的。

番邑考略

在江南乃至鄱阳湖畔，曲家湾自是一个毫不起眼的小村，就是在都昌县，也很少有人知道这个所在；更没有人晓得，小小的村庄会发生那么多的事情，那么多悲欢离合的故事。

事实上，鄱阳湖的周边，像曲家湾这样的村子密如繁星，这样的人事也司空见惯。只是我们多半见怪不怪，已经稀里糊涂地认可了，并确认生活本来就应该这样。当我萌生了要描述自己村庄的念头以后，我不得不理性地开始拷问：我们共同的文化基因，究竟是些什么？我们的“草根”，是生长在什么样的土壤？

在一些残缺不全的故纸堆里，可以约略地读出，早在夏、商、周时期，曲家湾所在的都昌县及周遭地区，为“古扬州域”。春秋战国时，称“吴、楚地，属番邑”。只是没有确认何时属吴、何时属楚。秦始皇统一中国后，这里就干脆被命名为“番县”。可以想见，行政区划自古以来是变幻不定的，隶属关系也自然忽东忽西，区域也忽大忽小。可以想见，早期的“番邑”，或者“番县”，它的区域并不仅限于如今的都昌县，我估摸后来的鄱阳县，也在其中。

古代的江西，从地理位置到文化形成，一直处于“吴头楚尾”状态，与当时东西两边的吴、楚文化中心相距甚远，很有些前不靠村、后不着店的意味——这可能便是它具有“番”的特质的原因所在。

早在汉以前，北方的中原文化还未播及江南时，地处赣北的区域，尤其是都昌县，被视之为未曾教化的番地，是顺理成章的事情。在旧时的小说戏文里，多称与中原为敌的部族属地为“番邦”，如北方的匈奴、鲜卑、契丹等。这显然是以汉代正统文化作为尺度进行区隔的。于是不难猜度，我们这里的祖先，在古代，也应当是集群式的“少数民族”部落，也就是“番邦”，有属于自己的文化，如语言、文字、服饰、宗教、艺术、习俗等。像云南纳西族一般，有自己的东巴文化和独特的民族个性。但是到了汉代，历史开始了改写。

刘邦打败项羽、平定天下不几年——公元前201年，置郡立县时，“析番县地立鄡阳县”，“番县”至少在名义上消失了。然而刘邦要的不只是版图意义上的疆土，要的是政治、文化、经济等各方面的高度统一。“析番县”就是为了加强统辖的最初手段。从字面上解析，“鄱阳县”的“鄱”字，就是“番”字旁加了个“阝”部首，很可能就是从古番县拆出去的。我们“鄡阳县”的“鄡”字,同样以“阝”为偏旁补托——两县均有“阝”旁相衬，又都配之以“阳”，可以理解为两地先前的同胞及襟连关系。

可以推见，作为曾经的番邑、番县，其蛮荒之地自然聚生蛮夷之族，有朝一日突然接受刘邦集团全盘汉化的系统工程的彻底改造，最初是极不适应的，一定经过了暴风骤雨式的身心磨难。将番县拆开，又特别将其中一地取名“鄡阳”，可能有着特别的历史背景。都昌过去有一些颇通文墨的文人，曾用心思对此进行过考证与剖析。他们认为，枭，乃古之极刑名，即把人杀了之后,将其首级悬于木桩上示众；用之为县名,因从“邑”而故为“鄡”地。又《左传》有云：“天子当阳”，王天下而置郡县，是“鄡阳”故。依照这样的解释，就令人毛骨悚然了。我私下里猜想，可能刘邦所部当初征讨江南时，就遇到来自番县地区蛮夷们的顽强抵抗，令其损兵折将？甚或在平定之后，番民们仍不服管束,令委派前来的行政官员头疼,无法开展工作，乃至性命不保？是因为这样，才惹得刘邦龙颜大怒，这才咬牙切齿地“析番县”而立“鄡阳县”？但是史书没有过这样的记载。据说，淮南王英布（原九江王，后投刘邦）作为异姓王，天下大定之后，终不被刘氏家庭所容，谋反事泄而被追杀，擒获后，其被割下来的脑壳，就是悬挂在鄡阳县的城头示众。俗云杀鸡给猴子看，而这可是杀猴子给鸡看。

古代统治者很明白，只有进行文化改造及文化统治，才可能长治久安。但实施汉代改造工程，对野性十足、不听节制的番地土著们而言，无疑是一场灾难。在汉代系统工程中，有谁敢于拒绝教化，与行政力量相对抗，就可能意味着被枭首，甚至殃及九族。那时的番县遗民，一定度过了人性压抑、精神灰暗、人身极度不自由的漫长时日。在汉化过程中，不肯臣服但又害怕诛杀的人们，那就只有选择逃亡，逃到真正意义上的“不知有汉”的所在。于是，统治者鞭长莫及的边陲僻壤，如云、贵、川等地，那崇山峻岭，那白云深处，就成了逃亡者的最佳去处了。事实上，云贵川等地的诸多少数民族，并非都是土生土长的当地人，有为数不少的所谓“土著”，是从别处逃逸来的。例如四川的羌人，就属于北来的种族。据悉，大西南也有一部分少数民族部落（即使远如贵州），就是从江西迁徙过去的。我想，这其中也一定不乏从鄱阳湖地区出走的先人。

即如现在，每见少数民族之穿戴、居所、语言、风情、歌唱，我总有一种莫名的激动和难以言喻的亲近感。我不知道，我同其中的哪一个民族、哪一支脉，有着相同的血统，不知道。但是我明白，“析番县”时期，对本土而言，是文化上的一个明显的分水岭与区隔期。也就是说，汉以前，我们这里存在过今人无法知晓的苗蛮文化。

可以推知，鄡阳县人在新的文化改造运动中，由抵制反抗，到妥协苟同，又慢慢被同化，经历了漫长而屈辱的岁月。那种心理折磨，只有当事人清楚。但是后来，一代又一代人的生死更替，这里的老百姓，终于磨炼成了合格的“汉人”。在新的文化培育和新的社会伦理秩序中，开始了与先人文化质地完全不同的新生活。应该说，对普通人而言，只要生活安稳，日子富足，什么文化不文化，并不重要。老百姓对社会的要求，从来都没有过非分之想。鄡阳也好，鄱阳也罢，就这样波澜不惊地度过了好几百年的光景。可是，到了公元 421 年，也就是南朝宋永初年，鄡阳县域及其相连的更辽阔的区域，发生了一次翻天覆地的大地震！

这次地震的震中心到底位于何处，是几级地震，面积有多大，死了多少人，损失惨重到什么程度，史料中都只有寥寥数言和含混不清的陈述。但有两点可以确定：一是当时的政治经济文化中心鄡阳县城，沉陷不见了（后经考古发掘，证明其在今都昌境内周溪镇泗山湖底）；二是历史上先后称作彭蠡、彭泽、彭湖的小水系，在地震之后，变成了浩瀚无垠的鄱阳湖，变成了天下第一大淡水湖。至于它后来被称作鄱阳湖而非鄡阳湖，我想大概由于“鄡阳”二字太不吉利之故。

都昌人中，至今流传着“沉鄡阳，滂都昌”的故事，历一千几百年而常说常新。老百姓凭常识猜想，地壳运动同其他物理升降一样，有下陷必有凸起，按下葫芦浮起瓢，都昌人现在的居住地，一定是别处“滂”起来的。

传说，在地震发生之前，就有一个许姓道人，游走各地，到处发布预警。但是没人理会。乡下人把频发的小地震，叫做“鳌鱼眨眼”，大地震称之为“铁船翻身”。我在几岁的时候，某日下午突见天昏地暗，又闻灶下的碗筷叮当作响，一瞬间人都吓呆了，母亲惶恐地抱住我，语无伦次地念叨：“鳌鱼眨眼了，鳌鱼眨眼了……”鳌鱼是什么样子的鱼，我至今不甚清楚。后来读了书，知道“独占鳌头”的意思。也见过老式建筑的梁头，雕有鱼头的模样。海里有大鲨鱼、大鲸、箭鱼之类，都是些庞然大物。而鄱阳湖里要是起个几十、上百斤重的大鱼，就是了不得的大事。我想这鳌鱼，在人们的心目中，一定是种凶狠暴戾的鱼类，令人恐惧又欲征服的水中怪物，大约如龙王、凤凰、麒麟之类，也是人们构想出来的。

很显然，从地震的角度看，“鳌鱼眨眼”还不是那么可怖的，它的结果往往是有惊无险。而“铁船翻身”却是不得了的、最要命的大事。在一千五百多年前，是没有真正的铁船的，西方列强也没有。中国明代的郑和下西洋，驶的也是木帆船，只是造得巨大而已。但铁的概念是早已有了，铁的冶炼及其制作也应该有了；在想象中把铁制成船舶，那一定是坚不可摧，于是又有了神化的说道。在这样的联想下，铁船就成了神怪之物。说是有一艘铁船行走彭湖，横冲直撞如入无人之境，到处作恶，为害水上人间。后被降妖伏魔的许姓道人摄走船舵，使之无法行驶，终至沉没。

铁船沉没之后，于心不甘，潜心修炼，终于成精。成精之后常思再度作威作福，每次蠢蠢欲动，均被许道士制服。一次，铁船精哀告道：“许道长，我在湖底闷了几百年，尝尽了苦楚。如今我也修炼得道，归还我舵如何？”许道士笑道：“你这孽畜，放虎归山，难不成又去祸害百姓？”拂帚一挥，扬长而去。又过了几百年，心存怨恚的铁船精道行见长，已到了无舵也能行驶的境界。时至南朝宋永初年，许道士突然心血来潮，掐指一算，心道不好，铁船精威力大增，怕是要作怪了。他自忖道行尚浅，制服不了它，就赶紧化作一跛足行者，四出游说，到处警告。苦于天机不可泄露，他只能手执一块半边瓷盘，招摇过市，边走边喊：“卖边盘哪！边盘呐，边盘呐……”

所谓“边盘”就是“边搬”的意思。都昌乡人至今的口语中，“搬”字仍读“盘”音。比如“搬东西”，就说成是“盘东西”。许道士有话不能明说，只能暗示乡民们，赶快把东西搬走，逃命去吧。如此隐晦曲折的表述，凡夫俗子们谁也听不明白，反而嘲笑他是个疯子。这样，任凭许道士心急如焚，人们仍然一如既往地作息，大祸临头而浑然不知。结果可想而知，铁船精一日兴起，泼喇一声，兴风作浪起来了……一时间天崩地裂，山呼海啸，彭蠡湖在顷刻之间变成了汪洋大海！硕大无朋的鄱阳湖从此诞生了。

所谓“铁船翻身”的神话故事，在今人听来，无不以为是无稽之谈，又无不嗤之以鼻。其实神话是人类的一种童年记忆。

从自然神论的角度看，狄德罗的观点是有深刻道理的。人们在自然神面前，不敢张狂，小心翼翼，人就会变得真实，变得柔软，乃至温存。而在科学主义盛行的时代，人们的心理就会变得坚硬，就会因为所谓“知识”而变得无知，因而也就骄矜狂妄起来了。

让我百思不得一解的是，今天的都昌人对于“铁船翻身”的说法不屑一顾，而对于“朱元璋大战鄱阳湖十八年”的传说，却一直在津津乐道，久传不衰。

就我所知，鄱阳湖在我国史志中抛头露脸，并光耀于世，始自公元1363年，源于朱元璋率大军与陈友谅在鄱阳湖上狠狠打一架的战争史。

都昌人说起“大战鄱湖十八年”，大都眉飞色舞；说起有关这次战役的典故种种，诸如王爷庙、望夫台、朱袍山、冷饭嘴等，更是如数家珍。好像此前此后的历史并不存在，存在也不值一提。二十多年前，因为好事，我专门翻阅过《明史》，发现朱元璋当年从南京发兵，到鄱阳湖与陈友谅决战，最终大获全胜，前后只花了几个月的时间，连十八个月都没有。朱元璋是1352年投军参与造反的，到1368年称帝，总共也只有16年的光景，怎么可能在鄱阳湖一气打了18年呢？更何况，他当时所面对的敌人，包括元朝政府军在内，远不止陈友谅一个团伙。后来，我为此写了一篇小文章，说朱元璋的鄱湖之战，两军面对面的厮杀，可能只有“十八天”……谁知这文章发表后，竟引起了“公愤”，不少人当面指责我，说我不尊重历史。我的一位初中同学，从乡下赶到县城，登门与我辩论。我说《明史》可以佐证，他说书上也有写错的时候。我说史书上的年代一般不会错的，他生气地说："你总是认为自己说得对。"看他一副红头涨颈的样子，我只好鸣金收兵："好好好，十八年就十八年。"其实，"十八"只是个象征数字，如"十八妙龄"、"十八相送"、"十八般武艺"等。

人们不相信"鳌鱼眨眼"，不相信"铁船翻身"，却笃信"大战鄱湖十八年"，宁可信其有，不肯信其无，实质上源于对某种文化的认定与信奉。譬如都昌境内的鄱阳湖边，有一座王爷庙，供奉的是"鼋将军"。传说朱元璋一日被追杀，前有水港阻隔，正无奈之际，一大头鼋浮出水面，将其驮至沙山脚下脱险。朱元璋称帝之后，将这原有的龙王庙，改作王爷庙。这原也属子虚乌有的东西，但多数人仍然愿相信它的真实性，上庙朝香的人群如蜂似蚁。

谁也无法从具体的年头算起，鄱阳湖人之对自然神的敬畏，何时让位于对社会人的神化并顶礼膜拜——这究竟是怎样的一个嬗变过程呢？

那次大地震，对当时的鄡阳县而言，自是一场灭顶之灾，县城的大部分陆地沉于湖底，不但元气大伤，而且各种文化成果也随之泥牛入海。那时候也一定有过"灾后重建"，人们惊魂甫定之后，也开始了正常生活。只是地震之后两百余年，鄡阳县没有恢复建制，新县亦未册立。残存的鄡阳遗民在残存的土地上，一直是被遗弃的流浪儿。在那两百余年中，原鄡阳梓民在行政隶属上，荡秋千似的，一会儿东，一会儿西，一会儿属于这个县，一会儿属于那个郡，变了有上十个来回。

《都昌县志》有这么几段记载：

……鄡阳县地大部分沦入湖中，鄡阳县撤销，境域入彭泽县，隶江州。齐永明元年（483年），复隶江州浔阳郡。梁天监元年(502年),隶江州太原郡。陈永定元年(557年),改隶江州豫章郡。天嘉元年（560年），复隶江州浔阳郡。

隋……十八年(598年)……复名彭泽。大业三年(607年)，卅废，隶九江郡。

唐高祖武德五年（622年），安抚使李大亮谓土地之饶，井户之阜,水陆之阻碍,遂割鄱阳县雁子桥之南境置都昌县。……

可以看出，都昌县在没有建立之前，鄡阳遗民一直作为他处附庸和边境住户，悠游了201年。他们远离郡县的政治文化中心，带着震后的心理阴影及其寄人篱下的落拓心态，以辛勤的劳作维系着某一群体的命脉，顽强地挺了过来。

嗟叹之余，关乎都昌的历史，我总是困顿于追问的徒劳，特别是汉代以后至宋代以前那一长段悠悠岁月，几乎就是一张白纸。

在北宋以前，可供都昌人查考的文化符号，在人文角度，仅有的便是至今在学术领域存在籍贯争论的历史人物——陶侃。

陶侃作为历史名人，鄱阳、九江、都昌等地，都云属于本地人氏。都昌清同治版县志，也依例将陶侃收录了进去。陶侃不但自身官至晋侍中、太尉，又爵长沙郡公，而且他的母亲湛氏，又与孟母、岳母齐名，并称天下三大贤母。后人争夺历代名人，给自己的脸上贴金，自古亦然。我倒是认为，鄱阳、九江、都昌等地，说陶侃是自己曾经的老乡，都对，都有道理。陶侃生于公元 259 年，殁于公元 334 年，横跨东吴、西晋、东晋三朝。也是鄡阳县存立时期。史籍有称其为鄱阳人的，也有称其为浔阳人的，但没有被说成是鄡阳人，是因为在陶侃的有生之年，鄡阳县的隶属关系发生过几次变更，如公元 304 年前曾隶鄱阳郡，其后又隶浔阳郡，正好将陶侃的经历一分为二，前半辈子属鄱阳，后半辈子属浔阳。

有史家认为，陶侃的原籍是现都昌县的左里乡陶家冲。根据之一，有唐元和年间进士舒元舆的《陶母坟坂文》为证："太岁在卯，小子汎彭蠡，是谢灵运石壁，壁东西行百步许有高坟嵯峨，坟前有碑，书迹照湖。小字蹶起，疾目视之，则陶母之字在。"此距晋代最近。根据之二，是在朱熹的文集中，读到了《乞加陶桓公状》一文，曰："据都昌县税产董羽等状，伏睹本军榜示，询访先贤事迹，数中一项，晋侍中太尉长沙陶桓公兴建义旗，康复帝室，勤劳忠顺，以殁其身。谨按图经，公始家鄱阳，后徙浔阳，见有遗迹在本军都昌界，又有庙貌在本军城内及都昌县。……”根据之三，是明正德年间乙亥版的《南康府志》，里头说：“晋，陶侃，字士行，都昌人，徙家浔阳。”不能说史志类记载没有错讹，但它同时也不至于完全的空穴来风。我在心里隐隐地觉得，陶侃与古鄡阳、今都昌，一定存有某种关联。只是他的曾孙子陶渊明名气太大，加之现在的旅游业又作打古代名人牌，人们争夺得就更厉害了，也因此更加扑朔迷离。

事实上，不管别人如何争执，也不管陶侃究竟何方神圣，一千多年来，都昌人在内心深处，一直认定陶侃属于本土人氏，并当作一笔精神财富养育自己及激励后人。纵观嗣后都昌的人文历史，以及形成的千年不衰的好学上进之风，陶侃一直作为某种标杆，矗立在人们的心中。这是毋庸置疑的。

从另外的角度想，陶侃如果是曾经的番县区域，亦即鄡阳土壤上成长起来的一位历史高官，就足资证明在他之前的数百年里，“析番县地”而进行的汉文化改造相当成功。他的本土性存在，对于我们这块土地两千年来的历史演进、文化嬗变的粗线条诠释，有着不至断裂的链条意义。在此基础上，我们就必然要追问，陶侃的母亲，何以就如同了北方的孟母、岳母？如果其非北方移民，她自身又是靠了什么文化养育而成为教育家的呢？那期间，汉文化的普及与提高，是江南文化史上的一个高峰吗？毋庸讳言，在鄡阳乃至都昌的历史上，至北宋以前，只有陶侃一人鹤立鸡群。此外，就再也找不出一位有头有脸的人物来与之媲美，这又是怎么回事？

上述问题，可能都不会有答案。而历史走到宋代，特别是南宋，及由此以降至明代，都昌屡出学者高官，这隐隐约约地与陶侃又有些干系——汉化以来，都昌人是否是最忠实的儒家文化践行者？作为曾经的番人，又是如何把前后两种不同的异质文化巧妙地糅合在一起的？或者说，都昌（鄡阳）历史上，是否接纳过大量的北方移民——换句话说，“学而优则仕”的人生理念，有可能是北方移民的后裔所为？

西晋东晋之后，又经南北朝、隋唐、五代以至北宋，从陶侃死后算起，六七百年的时间，都昌没有出现过类似的显赫人物。古人论国运，说五百年必有王者兴，而地方上出落些杰出人才，也同样需要长时间的酝酿？

唐代，许多著名诗人学者及其风云人物，相继到了庐山，游了鄱阳湖，也自然眷顾了都昌。李白、韦庄、张九龄、杜荀鹤、释贯休等人，均在自己留下的诗句里做了佐证。更早些的时候，南北朝诗人谢灵运，在都昌县城的风景区南山，写下了《石壁精舍还湖中作》一诗。李白诗《入彭蠡经松门、观台镜，怀谢康乐，题诗书游览之志》头两句便是：“谢公之彭蠡，因此游松门。”他是循着谢灵运的足迹，来游鄱阳湖（古称彭蠡）的，而“松门”（即松门山），其地位正在都昌县城南河口（俗称蜈蚣山），近在咫尺。李白虽然没有直接提名“都昌”入诗，但他只要到了松门山，就入境都昌了。其他诗人亦莫不如此。这些风流名士足蹈鄱阳湖，身临都昌境，无疑给当时的地方学子以心理导引，并令其追风逐浪，涌起好学的热潮。隋唐时期，都昌人虽名不见经传，但一定是人才的孕育时期。

到了北宋，情形就大不一样了。

苏轼和他的弟弟苏辙，还有黄庭坚等，都明显到过都昌，并在南山留有墨迹诗文。黄庭坚写了《清隐禅院记》。苏辙在苏轼之后到达南山，游过清隐禅院后，题诗于壁，末两句“谁道溪岩许深处，一番行草认元昆”。是说他在岩石上找到了哥哥苏轼的手迹。苏轼的一首《过都昌》就更加明白如话了：

鄱阳湖上都昌县
灯火楼台一万家
水隔南山人不渡
东风吹老碧桃花

关于苏老夫子的这首诗，历来的一些粗俗文人，胡言诗中的“碧桃花”是诗人的一位侍妾。事实上，苏东坡遭贬南下，遇赦北归期间（这是有可能途经都昌的两个时间段），没有侍妾陪同，更无名为“碧桃”女子一说。苏东坡胸中的“桃花”，显然意指陶渊明虚拟的理想王国——桃花源。陶渊明自有生之年的晋代始，一直沉寂至北宋，经苏东坡的推崇与褒扬后，方声名鹊起，并被奉之为田园诗人鼻祖。苏东坡在内心深处，有着与陶渊明同样归隐田园的渴望，和建构世外桃源的理想。但他命运多舛，一再遭贬放逐，心底的理想在一点点地溃失，甚至彻底破灭了。换言之，“东风恶，欢情薄”“桃花源”式的绚烂色彩，在他的心中，已经枯萎凋零、暗淡了去。试想，苏老夫子当时是“过都昌”，而非游都昌，行色匆匆，心事重重，何来风情可言？

时至宋代，都昌人已经不再满足于外在的热闹了。许多学子在“内功”上亦达到了很高的境界。南宋时的朱熹，在南康府任职期间，将庐山脚下的幽静处白鹿洞书院，重新整理并自任山长收徒授课，宣讲他的读书心得与学术研究，开始了前无古人的传播。彼一时，都昌就有不少学子求教于斯，并于后来薪火相传。可以想象，倘若没有唐代及以前冗长的前期文化准备，都昌农民不可能那么开明地将自己的子孙，慷慨地送到朱熹门下。或者说，没有陶侃这样的垂范式人物曾经的存在，目光相对短浅的古代农民，是舍不得花血本送子女上学读书的。对都昌而言，这就是陶侃存在的实际意义。反过来，陶侃是都昌人，也就有了几分可信。

自从朱熹授教于白鹿洞书院，都昌人好学上进的热情，犹如干柴遇烈火一般，熊熊燃烧起来了。他们相继踏上了齐家治国平天下的路途，追随于陶侃已然远去的背影，为中国历史添加了几笔醒目的色彩。在朱熹时代，都昌就有四位学者如黄灏、曹彦约等人，为朱老夫子的得意门生，号称“朱门四友”，后来作为大儒而均被列入《宋史》。到了南宋，“都昌老俵”江万里，官至宰相。他在江西任职时，效法朱熹，在吉安创办了白鹭洲书院，文天祥为其再传弟子。元军攻陷饶州时，江万里举家投止水以殉国,可谓震古烁今。就连当时的敌酋忽必烈亦叹服其“满门忠烈”。

可能是受江万里民族精神的影响，都昌人自那时起，对后来统一了天下的元朝政府，有着天然的敌对情绪。在元代，都昌无有一位朝廷命官，甚至连数得上来的学者文人，亦未有彪炳于世者。可在元朝被推翻后，到了明代又有人做官了，例如官至兵部左侍郎及边关总督等职的余应桂、当上监察御史的余濂等人。奇怪的是，清军入关后，清朝时期的都昌人，又消失于官场。而到了民国时期，入仕者，又有做了国民党将军的刘士毅和曾任江西省主席（即省长）的曹浩森等人。

都昌的读书人，自宋代始，都不与少数民族的统治者取合作态度，其正统观念、民族情志可见一斑。鄱阳湖人对于祖先曾属番人的历史，已然彻底遗忘。

一路地检点下来，还发现一个古怪现象，即自江万里始，都昌籍的那些古典式官员，作为朝廷人员，均“发迹”于国家危亡时期的末朝末代。不用说，江万里是典型的一例。而明代的余应桂也是如此这般。崇祯皇帝都已经上吊死了，余应桂逃到都昌，仍然组军反清，结果被清军擒获磔杀而死。至于刘士毅、曹浩森等，亦随国民党军队的溃败而逃亡台湾，都不肯做弃暗投明的选择……我不知道这是历史的巧合，还是“都昌佬”的性格使然。认真想想，这可能缘于宋明理学的深刻陶制。古典式的高级知识分子，多以“愚忠”的方式，表达自己对理想的绝对忠信，并以责无旁贷的担当精神“杀身成仁”——每念及于此，我们无法不对这些先贤肃然起敬，至少被他们的人格力量所征服。

湖上传奇

从中国版图可以看出，江西地处东南腹地，被周边各省包裹得严严实实，若非北境之九江、湖口、彭泽诸地直挨长江，就几乎透不过气来。赣北鄱阳湖，汇昌河、信江、赣江、抚河、修江等大小河而“有容乃大”；作为内陆湖，它又只有湖口一线流泻，直通长江而经入大海。在文化意义上，鄱阳湖一旦接纳了某种东西，或曰“兼收并蓄”之后，就具有了滞留、融化、吸纳功能，就不大容易流失改变，就显得五花八门、丰富多彩，形成了一道奇谲的风景。

鄱阳湖到底有多大，多称“八百里鄱阳湖”原以为真的就是八百里大，后见湖南人称“八百里洞庭湖”，西北人称“八百里秦川”，古人传递文书圣旨有“八百里加急”，方知所谓八百里其实是个吉数、概数，是形容词。某日翻查《辞海》，才晓得我们的母亲湖，“面积 3960 平方公里，湖面海拔 21 米，最深达 23 米。为我国最大的淡水湖”。她的周边，栖息着都昌、鄱阳、余干、新建、永修、星子、湖口、德安、九江等十多个县市梓民。

查阅都昌版图，它的总面积为2725平方公里，而其中的水域占了一大半。换句话说，鄱阳湖的水面，有一半以上属于都昌县域。原以为苏东坡“鄱阳湖上都昌县”的诗句，是随口诌出来的，殊不知，他竟然说得有根有蒂。儿时，有一首被我们唱烂了的歌谣，说是：“上自蜈蚣脚，下至滕王阁，都昌人打草——见青就斫。”在人们还未使用化肥之前，沿湖人侍弄苗芥，除家肥外，多要打湖草沤田肥地。都昌水面辽阔，在鄱阳湖上可以纵横捭阖，任取所需。所谓“蜈蚣脚”，就是县城南面的松门山脚，而“滕王阁”，自是指的省城南昌了。从都昌到南昌，追水南进，在版图意义上，均为都昌“领土”，这应该是没有太大的疑义的。

读小学时，我们学会了新编歌曲《江西是个好地方》。那时候邵式平当省长，那时的江西充满了朝气。如今几十年过去了，歌词已忘了大半，只记得这么几句：

江西是个好地方，
好呀么好地方呀嗨，
鄱阳湖上渔船漂，
渔船儿漂呀得儿喂得儿喂
……………………

歌曲是欢快的，而且唱出了诗情画意。但是在长大后，就有些不明白，都昌在鄱阳湖拥有广阔的水域，而外出打鱼的人却微乎其微，有也只是在陆境周边“小试牛刀”，在就近的河湖港汊撒网扳罾而已。于是就有了许多疑问：鄱阳湖之于都昌，在功利上还有何实际意义？当初又缘何把偌大的水面，核划给都昌呢？想来只有三个原因：一是立县都昌时，依据古鄡阳辖地（包括地震沉陷的湖区）大小，按原面积拨划。《辞海》在“鄡阳”词条中说：“治今江西都昌东南鄱阳湖中。”可为旁证。二是可能由于新立都昌陆地面积太少，故以水面充之。三是鉴于鄱阳湖沿边郡县林立，水面界线难以确划，担心纠纷不断，故大部划给都昌，免了无穷的官司；而都昌又因鞭长莫及，眼睁睁任人宰割，官方便图了清静。当然还有其他一些说不清楚的原因。

俗话说，靠山吃山，靠水吃水。都昌人不但靠水，而且“在水一方”，却得不到水利，只图了“鄱阳湖上都昌县”的虚名，想来有些冤枉。不过，设身处地地为古人想想，确有诸多的无奈。水面不像陆地，可以用移民的方式驻扎边防，可以委派行政长官进行管辖；对一个县府而言，最多只有几个衙役喽啰，不像国家，可以拥有军队，派遣的水师巡逻并以武力方式捍卫领水，都昌水域与其他州县边界相接，一旦行使使用权时，人家“叫化子门口三尺硬”，你去撒网打鱼，焉能让你来去自如？这自然要引发械斗的。事发后惊动官府，又须跨州过县，捅到省里去，着实麻烦。面对鄱阳湖上每年每月每日都可能因权属纠纷发生的流血事件，不要说令吃衙门饭的人感到头痛，渐至麻木，懒得理会，就连都昌人自身，为此浴血奋战，又官司缠身而疲于奔命，也都慢慢心灰意懒起来。人的激情是有限的，谁也难以为继旷日持久地打打杀杀，而最终泥干自落，唯一的出路便是选择放弃了——都昌渔业方面的凋零，乃情理之中也。

有资料表明，鄱阳湖的水产资源极其丰富。都昌沿湖仅鱼类就有十二目、二十五科、一百一十八个品种，盛产鲤、鲫、鳊、鳜、鲢等；其他水族如虾、蟹、蚌、鳖、龟类，应有尽有。还有味道鲜美的鳗鱼、河豚，及营养丰富的“都昌银鱼”等。还有杂七杂八的针贡鱼、凤尾鱼、棍子鱼、油铲鱼及叫不上名目的水产物，都是沿湖百姓们家里的日常菜碗。还有湖洲上的草根藜蒿，俗云“鄱阳湖里的草，南昌佬咯宝”，用其烩炒腊肉，别具风味。

“河水煮河鱼”，是湖上人家最随意、最原朴也最美味的一种烹调方法。鱼体稍大，又新鲜，迟好后，不加任何佐料，舀两瓢湖水，将鱼整条地置放锅内，烧煮至泛出白色如乳的汤汁，再丢些盐粒，稍许便可食用。其滋味之美妙，吃上一次就终生难忘。饮食烹调，原也应当返璞归真。还有胖鱼头煮豆参、鲫鱼煮粉条、鲇鱼熬豆腐、螺蛳肉敷米粉、黄牙头煮酸菜、辣椒炒鲜虾、银鱼炒木耳……没一样不是席中佳肴。难怪都昌人出门在外，只要餐桌上吃到鱼类，总是百般的挑剔。

然而，自古以来，都昌的渔业生产，从未形成规模，也自然成不了产业；如今的所谓养殖，均属在内湖小打小闹而已。也就是说，都昌人在鄱阳湖上，几乎没有专业渔民。就全县而言，只有零星的小村庄以渔为业。那么，人们的目光，就只能盯向脚下少得可怜的土地。当这些土地的产物喂不饱自己的肚子时，又只有抬起头来，茫然地向远方搜寻。是故，多少年来，都昌人以“读书做官”为最高奋斗目标，又以外出谋生为生存手段。早年，都昌川流不息的有两支队伍，一是手艺匠人特别多，如木匠、桶匠、篾匠、铁匠、铜匠、锯匠、牙医等，跑遍了五湖四海。二是窜景德镇打工的人趋之若鹜。偌大一个景德镇市，祖籍都昌者占大部分人口。近年都昌外出务工人员逾二十万，占总人口近三分之一。但都昌没有过类似晋商、徽商式的人物。

都昌近年之所谓“物阜民丰”，皆得力于外出打工仔的“反哺”。

都昌虽疏于渔业，对鄱阳湖“领水”的管辖也多半有其名而无其实，但心底的“鄱阳湖情结”、本土意识，却不见稍解。即使时至今日，水运事业荒蔽了，因使用化肥而不再上湖洲打草了，但情系母亲湖之心结，作为一种文化心理积淀，历史以来一直凝滞而郁结——我之所以近乎固执地扯起许多与鄱阳湖相关的故事，想必也是一种不可自抑的心理宣泄。有些事，作为一种集体记忆，忘是忘不掉的。

二十多年前，都昌航运公司有一千余名职工（船工），它的前身是“都昌县水运社”。都昌的木帆船、机帆船、轮船、驳船，公家的私人的，少说也有千余艘。都昌县造船厂，曾为交通部定点生产厂家。这些，都是鄱阳湖周边其他各县远远不及的。

上世纪七十年代，眼见了县城最为阔绰的人，就是“船老板”、“船巴佬”。这些人皮肤晒得黝黑、粗胳膊壮腿，行事说话大大咧咧，一个个孔武剽悍，颇类古代勇士。他们都很有钱，戴手表、着呢子毛料衣裳、趿皮鞋是人皆有之的行头。在计划经济年代，即使领薪水的干部（更不用说其他职员），也多不可望其项背。首先当然是他们计酬工资较高，其次“靠水吃水”、“吃损耗”也可能是一笔隐性收入。还有利用行船之便，贩些货物，赚些外快之类。在我的印象中，“船巴佬”都是些亦正亦邪、亦侠亦狂的角色。他们在大风大浪中，在走南闯北中，培育了与鄱阳湖极为相似的性格，鲜明地区别于岸上居住的人群。也许，在我们眼里，那些年华渐已老去的船工、鄱阳湖上曾经矫健的身影，是一群“另类”人物。其实，当我们身上的水性日渐褪去而变得“斯文”了时，心目中的鄱阳湖已然离我们远去，作为“鄱阳湖上都昌县”人，这才是真正的异类。

在那些“船巴佬”的身上，穿过岁月的隧道，捡拾那些支离破碎的旧事，仿佛就窥见了都昌先辈人的影子，我们可以有理由判定，早先发生在鄱阳湖上的诸多事件，至少在关于打湖草的问题上，有其真实可信之处。

在距今并不遥远的农耕时代，滨湖地区的农民打湖草肥田，是一年一度必不可少的一项农事活动。打湖草多在春夏之交，洪水欲来未来、湖洲上草绿水浅之际展开的。老话说：“读书怕过考，作田怕打草。”可见打草的艰辛程度。但是没得法子，为了活命，人类是什么事都做得出来的。我记得几十年前，每年的这个季节，村里就要“写船”，即租一条木帆船（俗称箩篮船），派十几位壮劳力，花个十天半月，到远处如新建县那边，斫一船堆得老高的湖草，运到村头的东边垅口，然后全村男女老少上船，或挑或抱，搬运下来又铺到田里地里。这些湖草长有人高，秆细而叶长，色绿而根白，此时已散发出淡淡的腐败气息，及隐约的鱼腥味。它对于改造土壤、营养庄稼，是难得的上等肥料。

令人悲哀的是，就是这可怜的打草权，在自己的“领水”，都昌的先人也还是经过流血牺牲争取来的。

除了驾船，应当说，都昌人与鄱阳湖之间发生关系最为密切的历史踪迹，就是打湖草。打湖草季节性强，地点相对集中，各村寨相约一齐出动，组成声势浩大的船队，又几乎调集了所有的男丁，攻有目标，战有兵丁——人手一把长柄而又锋利的草刀——倘若发生械斗，必将酿成惊天大案！这种时候，一切关于礼义道德的说辞，统统成了狗屁；都昌人内心涌动的原始野性，轻易地就接通了番县祖先们苗蛮文化养育的个性。

可以想象，事情一旦闹大了，省衙及各级地方官员，就再也不敢掉以轻心了。

我们现在无法想象，那时的人们在草洲上拼杀的惨烈图景，也不知道洒下了多少鲜血；更无法认定此类“战争”的属性是正义还是非正义，官府对此该负什么责任和如何予以摆平的……但我知道发生在离我们最近的一段故事。

上世纪七十年代后期，都昌县为了发展经济，在新建县门口的南岸洲，开垦了一大片称之为“芦苇场”的种植基地，并举全县之力，集结千军万马，围筑了圩堤。照理，在自己的县境内干合法的事，应与他人无涉。但是，芦苇场建成后，架不住当地人的侵扰、围攻、殴斗，导致难以为继，刘姓场长亦被打成终生残废。都昌人最后不得不扔下一片狼藉，撤了回来。

历来的史官们对于鄱阳湖权属之争的流血事件，一概讳而不述；老百姓关乎于此的口头流布，又语焉不详。因此对我们而言，诸如此类的历史真相，是“惟恍惟惚”，难闻其详的。发生在南岸洲的芦苇场事件，最终也只能是不了了之，连个正经说法都没有。随着时过境迁，不会有人记起历史上曾有过这么一档子事。可想而知，此前发生在历朝历代相关湖洲之争的任何事件，全部掩埋在历史的烟尘之中，永远不为世人所知。我辈后人也就只能“捕风捉影”了。

曾听说，省志上有都昌人“好讼”的评语。在我看来，它从侧面反映了鄱阳湖上，曾经出现过无数次的血雨腥风。因为只有鄱阳湖，又因为械斗而导致流血事件，才可能惊动省府。同时，也可看出事故出现的频率之高，非如此而不能给省里的高官留下深刻的无论好坏的印象。还可以想象当时的官衙在处事上的拖沓，和厌倦事故处置的心态。明眼人一看就知，所谓“好讼”，看似微词，实乃攻讦。我们禁不住要问：双方争斗，难道都该由都昌一方负责？通过诉讼方式解决问题，不是一条很好的途径？官方懒于政事，遇事悬而不决，决而未果，累得老百姓跑断了腿，甚至沦为所谓“刁民”，这又怪得谁来？

中国的老百姓，若非情不得已，是不会滋生事端、大动干戈的。经过两千多年的伦理教化，绝大多数人普遍存有惧官心理。都昌人在县治范围内，由县官直接理事，无需曲里拐弯多头请示，处事坚决果断，百姓之间相处颇为和睦。若是发生矛盾，县衙快速应变，往往能把苗头控制在萌芽状态。然而纠纷涉外，事情就麻烦了。

都昌沿湖水岸线，有近两百公里长。环水处约占边长一半稍强。南西两方尽皆临水，唯北东二地与别县接壤。北面是湖口、彭泽两县，与都昌同属九江地（市）区管辖。只有东边的鄱阳县，隶上饶地区。简言之，都昌人如无水上活动，陆地上与外县摩擦，只有与鄱阳县之间，出现了问题难以调和；而与湖口、彭泽诸县之间，市府出面，会大事化小，小事化了的。历史已经无数次证明，都昌与鄱阳之间的“同室操戈”，老是没完没了。

远古的历史告诉我们，都昌与鄱阳原本是一家人，均源自“番县”。之后天意弄人，皇帝老儿一念之下，“析番县”而拆之为两处，如俗话说的“儿时为兄弟，大了为邻居”一般。嗣后突发地震，鄡阳化为乌有，凡两百余年，方置都昌。沧海桑田，昔日的兄弟各归其主而视若路人。也就是说，鄱阳划归了饶州（上饶），都昌拨给了江州（九江）。此后，一千几百年来，都昌与鄱阳，因为边境争执，权利角逐，出现了争斗不断、流血不止的一幕幕惨剧。

都昌与鄱阳两县并非先天就是好斗的公鸡，而是因为隶属关系各异，一旦发生矛盾纠纷，非越级上诉省衙不可，且同时又动静不大不足以惊动省官。省里的官员一般视地方案件为癣芥之疾，首先在心理上并不重视；其次按官道之程序办理，如逐级上报、文件旅行、马拉松式庭议等，一拖就不知要到猴年马月。最终排解时，又囿于诸多历史遗留问题而左右不得，莫衷一是，只好来个“黄牛三扁担、水牛三扁担”了事。如此一来，无疑刺激了矛盾的双方，滋长了好勇斗狠的民风。历史以来，都昌与鄱阳两县、九江与上饶两府的官员，在对待所属边民与对方发生冲突的问题上，都抱了“打破了锅来补”的心态。双方并不严于律己，不但睁一只眼闭一只眼，甚至有意袒护自己的部属。这样又反过来为省衙的判断与处置，设置了障碍，带来了难度，令其头痛而不得不草率从事。长此以往，恶性循环，两地边民也就冤冤相报，恶果迭出，最终难以收拾了。

都昌与鄱阳之间的边民，有史以来，持续发生械斗仇杀最为著名的，是都昌的余晃村与鄱阳的金家村。

余晃村是都昌县东部地区最大的一个村寨，有一千多户人家、好几千口人，与鄱阳金家相峙；它三面环水，一面通陆，在军事角度易守难攻，是都昌东大门的一个桥头堡，威慑性地虎视着对方村寨，甚至成为都昌人心理上的一个骄傲。

最早晓得余晃村，是幼时从盲人的鼓词里获取的信息。瞎子在解放以后，明里不再算命打卦，公开的社会活动是说唱鼓词，赚些饭钱，想是新政府“破除迷信”的一个举措。每年农闲，我们曲家湾，总要请瞎子唱上一两回。

鼓词来源于民间的说唱本，以唱为主；歌词通俗易懂，经改造添加了些俗言俚语，显得诙谐油滑；又七字一句，仿造古诗，合辙押韵，朗朗上口。是沿湖一带老百姓喜闻乐见的一种曲艺形式。本来应当宣传新社会、新风尚，编些新故事的，但是新的这类文本资源太少，吸引人的还是旧东西，比如《薛仁贵征东》、《郭子仪拜寿》、《杨家将》、《岳飞全传》、《张四姐下凡》、《乌金记》、《粉妆楼》之类。村民们喜欢的，就是这些东西，又都是后面的压轴戏，深更半夜时方唱。起始唱一些应酬的曲子，如《除四害》、《积肥好处多》、《扫文盲》等。唱这些东西时，听众哈欠连连，又眯眼闭嘴的昏昏欲睡。待夜深人静唱“老东西”时，一个个又精神抖擞起来。而介乎于新老之间的整体曲文，我记得的就是《方志敏闹革命》、《解放余晃里》等。

《方志敏闹革命》之曲本，肯定是新编的脚本。里头有人物、有情节，唱起来有一个多时辰，想是“走与工农相结合道路”的文艺人才的编撰。至今回忆起来，我所记得的主题是“两条半枪闹革命”，还有瞎子生动形象地描述红军打白狗子时的情景：“……打得敌人满地爬，打得坏蛋尿得射”之类。

《解放余晃里》也属于“整本”，而非《除四害》那般只是口号式的“插折”。当听说余晃里就是都昌本土的一个村庄，那故事就发生在我们身边时，我的惊愕与兴奋同时发生。我于是把它听得特别认真仔细。

瞎子在曲文里说，余晃里是一个顽固的封建保垒，是“土围子”，历史以来藏有兵刃，早先是苗子（梭镖）大刀，后来换了土炮快枪。刚解放时他们不懂政策，反对土改。土改工作队开不进去，余晃里的老百姓处于“水深火热之中”。当一切宣传与工作都无效时，驻县解放军就派了一个排的兵力进行攻打。双方接火后，一方负隅顽抗，另方攻不进去；在僵持阶段，肯定是“发动群众”，攻心为上，最终取得胜利。曲文说，余晃里的封建头子，即“大老倌”，绰号麻老虎，年纪轻轻，长了满脸麻子，十分厉害。其实此人脸上并无麻子，只是文艺作品在那时，刻画反面人物须得“形神兼备”。

鼓板打来闹洋洋，
各位听我唱一唱。
今朝不把别的表，
单表余晃里得解放。
……
余晃里村庄大又大，
人丁多来还有枪。
大老倌叫做麻老虎哇，
威信高得不寻常哎……

回忆起来，我那时在瞎子的鼓词中，并没有觉得打倒了麻老虎有什么好，反倒有些可惜了去。因为从曲文里可以听出，麻老虎除了号令全村与鄱阳金家打架之外，没有做过么事欺压百姓的坏事。村里人之所以不肯缴械，是为了以后同外打仗之用。对内，他是全村的凝聚核心；而且订有村规民约，凡械斗中死伤的人员及家属，均获抚恤。

时至今日，瞎子那有些沙哑的歌喉，仍在我的耳畔回响。我甚至仍然对“麻老虎”一类人物没有恶感。其实他们都是官僚体制下的牺牲品。包括鄱阳金家人在内，都是为了基本生存而付出生命代价的。

前些年去南丰镇，去了余晃里村，还找人了解了些关于它的粗略的情况。说余晃里是很早的时候，从湖北移民过来的，至今有八十多代。这样算来就有一千好几百年。有说是宋代迁来的，时间上也差不多。

湖北湖南，是我国楚文化的核心地区。“楚虽三户能亡秦。”湖北人至今还留有“不服周”的口头禅。余晃里人的性格，似有古代楚人遗风。然而历经千余载的繁衍生息，原也必定地方化了的。再说楚人在历代的文化改造中，也已发生变异。例如清代湖南的曾国藩，还成了儒家文化的一个标本呢。因此可以断言，余晃里人敢于拼命打杀的民风，还源于官方在客观上的纵容。

近些年来，传闻余、金两家打架的消息少了，更无有大规模杀伐。想是由于开放之后，人们不再厮守原有的一亩三分地，青年男子都去外地打工发展去了的缘故。然而村风依旧。例如大年初一，是人们希图吉祥、讲求一团和气的日子，而余晃里仍然鼓励孩子们在这一天，抛砖打石干仗，以此种游戏方式装点他们的节日气氛。若是打得头破血流，大人们也不计较，彼此也不记仇，反倒予以嘉奖表扬，说是“中彩”了，是一条好汉。其彪悍强蛮之风，勇敢无畏之气，争强好胜之习，可见一斑。

在余晃里的今人身上，可以触摸到古代都昌人的脾性，也可以想象得到，早年为了捕鱼打草，征战鄱阳湖是何等壮烈。

关于为争草洲而引发战争的故事，我在儿时听了不少。在冷兵器时代，即使是乌合之众，只要舍生忘死、勇猛向前就行。乡下人言，“打师怕哑师”，任何人都架不住死缠烂打的。又说“拳打力为主，力打巧不开”。是谓斗勇，还须斗智。何况任何战争扫尾时，都要坐到谈判桌边去的。谋略文化是中国传统文化中最为灿烂奇诡的一支，为国人所崇尚及效仿，故流传下来的战争轶事，均以宣扬智谋为快事。《三国演义》就是最好的例子。都昌在过去征战草洲的历史过程中，同样伴生了诸多能言善辩之士，出谋划策之人，精于诉讼之辈。

以儒为宗的汉文化，垮塌在东汉末年三国纷争的硝烟之中，“礼崩乐坏”是不免的。三国时期的人们在攻城略地中，自然养成了如康熙批评的诡诈的“陋习”。后来盛行的魏晋之风，使真儒的文化本相，成为蓬头垢面、人鬼莫辨的怪物。唐代能出李白那样的天才，也还是魏晋遗风所致。真正重又把孔子扶至宗庙享受香火，是在宋代。都昌自古鄡阳以来，尤其唐宋以降，读书之风颇盛，培育了大量的学子，也于是滋生了各种人才。然而读书的人多，做得上官的人却极少，多数饱学之士只能流落民间，干起别的营生，诸如开馆教书，给人当师爷，打卦算命，揽些诉讼业务，做做账房先生，等等。作为一个知识分子群体，面对都昌与外人兵戎相见的时候，不可能熟视无睹，必然会激发“守土有责”式的热情，积极参与进去。书生们虽手无缚鸡之力，不能冲锋陷阵，但可以出出点子、写写状纸及舌战公堂，这是他们的擅长。更何况，元朝及清代，都昌的读书人，羞与“鞑子”为伍，无意入仕做官，甚至暗怀了捣乱的心计。加之越是官场黑暗时期，官员的素质越低，他们越发的贪婪，更让布衣秀士们瞧不起；参与诉讼活动，显然给自己找到了宣泄不满的机会和展示才华的平台。这在客观上，为都昌造就了一代又一代的、不被正统所接纳的奇才、怪才、鬼才。就是现如今，我们身边，仍不乏这样的人。他们不但巧舌如簧，落笔成文，而且在傲骨之外，兼有傲气；其恃才傲物之态，常以戏谑之词、非常手段，将一些不论大小的官员，气个半死……在这个意义上，省志说都昌人“好讼”，并非空穴来风。

民国时期，都昌周溪镇有一状师姓邱名国清，好讼近痞，结怨甚大，结果暴毙荒郊，估计可能是输了官司的人的报复行为。传说有个邵姓状师，每诉必赢。说是有一农夫，屋外禾秆堆被窃，屡次告官未果。原因是禾秆不值钱，是俗云“不上戥”的小事，县官懒得理会，后找到邵状师，写上寥寥数句，官老爷就准了，并差人破了案子。状词是这样的：“偷我牛粮，饿死牛娘，今年倒霉，无谷完粮。”

我在小学读五年级的时候，班主任詹老师喜欢讲故事。他说有个状师叫牛伯仁，县官们都怕他、忌他、恨他、想整死他。后来发展到极端地步：凡新县令上任，必得先行拜访老牛，否则就当不长久，任期未满就得卷铺盖走人。

所谓牛伯仁，在都昌语音中，颇类邱国清。不知道这是否一个人。

话说有一个县官，刚刚赴任都昌。此人生性执拗，又气量狭小，“道士的爷，不信邪”，听了衙役的禀告，偏不拜访牛伯仁，且设计陷害他。一日，县官查阅案卷，发现有个江洋大盗，被关押在死囚房，心里便有了主意。

那日，牛伯仁正在家与几个朋友，喝着茶，扯着闲篇，忽见几个县衙的差人闯进屋来，说话间就要动枷拿人。牛伯仁心里立马明白了什么，遂问：“凭何拿人？”官差说：“你与江洋大盗私通，打家劫舍，罪恶滔天，县老爷命我等前来锁拿。”牛伯仁一听，镇静地说：“莫慌，待我交代几句再走如何？”当即唤来几个子侄，要来一条长长的麻袋，吩咐将自己装进去，封了袋口，然后说声“走”，就被抬着奔县衙来了。

升堂之后，县官只见麻袋不见人，狠拍了一下惊堂木，喝问：

“麻袋所装何人？”

“草民牛伯仁是也。”

“为何不敢以面目示人？”

“在下担心遭受小人陷害。”

“公堂之上，不得装神弄鬼！”

“对质之后，方好面官。”

县官心想，反正你也跑不了人，看你如何逃得脱我的手掌。于是装成大度的样子，说：“好，本官不与你计较。但是，你作为一方绅士，有头有脸的人物，缘何串通水盗，害我百姓，坏我净土？”

“请问证据何在？”

“现有在押罪犯供词在案。”

“在下要求公堂对质。”

“……”县官吞了一口唾沫，“带人犯！”

死囚犯押上堂后，根据早已编造好的故事，对牛伯仁进行了一二三四的指控。可谓证言凿凿，牛伯仁成了幕后的主使，成了十恶不赦的要犯。县官暗地已许诺这名罪犯，若是扳倒了牛伯仁，死罪改活期。捡了一条命，死囚当然高兴坏了。其实，老于官场、深谙世故的牛伯仁，早已成竹在胸。就在前些日子，他心里还在想，新来的县令上任已有月余，怎的仍不见其上门“拜山”？莫非是个年轻气盛、自以为是的家伙？若是这般，倒要给些颜色瞧瞧，让他晓得锅是铁做的。谁知未见拜谒，却来锁拿老子！当闻听差役斥责自己暗通江洋大盗时，心下就明白了几分，就知道新县令一定想假犯人口、置自己于死地，于是就把自己装进麻袋抬进了县衙。

此时，县官又一拍惊堂木："大胆刁民牛伯仁，如今铁证如山，你还有何话可说？！"

"老爷息怒。"牛伯仁不慌不忙地说道，"请问证人，我牛伯仁是何等模样？是矮子还是长子，是麻子还是射子（瞎子），是瘸手还是拐脚，是瘦子还是胖子……"

那位死囚"这"了半天，说不出个子丑寅卯来，急得满头大汗。县官见事不妙，急令退堂。

"且慢！"这时的牛伯仁，迅速从麻袋钻出来，声色俱厉地指着县官骂道："你这狗官，屁股还未坐稳，便来串通罪犯，设计陷害于我。此等草菅人命的衣冠禽兽，都昌必将暗无天日，百姓必然无法安生……还不快滚！"说罢冲至案前，拿过官印朝地上一扔！

县官被骂得哑口无言，狼狈至极，只得抱头鼠窜而去。

在民间故事的表述中，都昌人争夺湖洲的过程，同样精彩。

为了平息事端，省衙官员在处理此类案件时，大抵是各打五十大板，或捉人坐牢，或经济赔偿，或当堂道歉，等等。这些都好办。而接下来关于草洲权属的确立与划分问题，就十分棘手了。矛盾双方，都会搬出己方的县志、府志乃至姓氏宗谱，证明某朝某代，某块草洲就属于他们所有。甚至还遣人临时暗埋界牌，不惜伪造原始证据。公堂之上，常常是鸭吵螺蛳一般，各陈己见、互不相让。吵得官老爷头昏眼花，真假莫辨。就这样年复一年的争吵，年复一年的打闹，终是没有结果。

有一次，为某块草洲，又打将起来，又诉诸公堂。这一番，官老爷想了个绝妙的主意。他说，你们双方，不必再争再吵了。过去了的事情，反正也说不清楚，“公说公有理，婆说理更多”。本官想了个办法，你们都须听从老爷我的裁决——这就是，现备有已然烧红了的铁靴一双，哪一方有人敢于当堂踩进铁靴，就为胜方，草洲也就归你了……否则，从今往后，谁也不得争闹什么草洲。

话音刚落，便见杂役抬出一双烧得红彤彤的、火星四溅并冒着蓝色火焰的大铁靴置于堂下，热浪烤灼得众人禁不住噔噔噔后退数步，一个个见状大惊失色。血肉之躯穿此红靴，哪里还有命在？双方县官、师爷、随行人员等，你看看我，我看看你，一时被这突如其来的鬼主意，弄得乱了方寸。这时，只见都昌一方人群中，站出一位勇士，高声叫道：“大老爷说话，可是算数？”

主审官员先是一愣，继而言道：“本官做主，决无戏言。”

“既是如此，草民也就以身作赌，为都昌老俵争一口气了！”说罢，大义凛然地将自己的双脚伸进了夺命的铁靴……公堂之上，一片惊呼！

显然，这一堂官司，都昌胜出。只是都昌湖面辽阔，事涉数府多县，要打官司，恐怕也只能是“做豆腐拣紧处舀”，多数情况是顾不上来的。

还有一则故事，也是为的草洲，也是剪不断、理还乱，省官又出了一个怪主意，即到现场办公，命双方县官赛跑，跑得最远的一方为胜。对方县官人高马大，身体壮硕，都昌的这位则个头瘦小，有如痨病壳子。倘若如此比赛，都昌必输无疑。都昌方的师爷眼珠子一转，立刻拱手上禀：“请问老爷，比赛规则可是四只脚的畜生不算，两只脚的县官方可？”

省官不假思索，点头称是。师爷得令，立刻找来几个都昌的彪形大汉耳语一阵，如此如此，这般这般。原来是命他们骑马到指定地点，分段等候，待本县县令到来，即驮着他跑，下一点又由他人驮跑，跑了一个接力赛……结果，又赢了！

小时候，诸如此类的故事，听得我血脉贲张，激动万分。如今想来，这些故事宛若童话，没几分可信之处。只能从中感受到，自古以来，都昌人因鄱阳湖而左支右绌，不知流了多少血汗，衍生了多少稀奇古怪的事情——它们作为曾经的真实存在，一定比那些编撰的故事，更为惨烈，更为离奇，更令人伤心欲绝。

第二章：灰色幽默

在进入描述我的村庄和村民们之前，还是忍不住要弹些“弦外之音”，说些流传在村子里的几个小故事（或曰小笑话）。这些故事是我在儿时，多次听父辈们讲述的，十分有趣，所以至今没能忘却。

灰色幽默不同于黑色幽默，它能让人轻松愉快，并于不知不觉中，潜移默化了去。我现在依然想，这里头一定蕴含着一种特别的人生态度，应该是“都昌老俵”内在精神的暗示。就是在今天，还会有人传讲它们、心仪它们的，因为它是母亲湖涂染了几千年的文化底色。

认真省察自己，便知道自己其实很喜欢这种灰色的，或者说我在本质上是一个地地道道的赣北农夫。打我懂事时起，我的生命的本色，幼稚和纯洁都被日渐地改变；等我读了一些书，学习着古哲先贤，就一直坚持着不让自己变得更为糟糕。农民大都是这样子的。生活中，除了不善于精密的算计，读了书后不很喜欢种田外，农民们的其他诸多品性，我是一一都禀有了的。

书归正传，还是讲故事罢。

钻刺蓬

说是有一个孬包，头脑简单但喜欢乱嚼，说出来的话乱七八糟，常常令人哭笑不得。

有一年正月初一早上，全村老少男丁聚到香火厅，拜毕谱年（即跪拜宗谱），正准备散去，串门走亲戚，不料孬包突然兴起，指着香火厅大门前的几丛刺蓬，大声寡气地说："今朝不从俚个刺蓬里钻过去的人，一定要死过今年！"

人们乍一听愣了，继而一个个怒目相视又不敢言语，大家又气又急，你看看我，我看看你，不知如何是好。

在乡间，大年三十和正月初一这两天，是忌讳最多的日子。不管男女老少尊卑，众口一词的，都是吉利话；就连粗俗的人，也都一个个变得彬彬有礼，就是再有钱有势而又高傲的人，也都变得笑态可掬——充分体现了一团和气。谁也不敢说破口话，或做了不洁净的事，一律的都小心翼翼。年三十晚上之所以守岁火一直到天光，怕的就是睡后控制不住做噩梦，人一做了坏梦差梦，就会影响全年的运气，甚至危及生命。而且还在腊月二十四日先过个小年，不是为了解馋打牙祭，是准备过大年的一次预演；主要目的是训导不懂事的崽俚们，过年的那晚和正月初一那天，哪些话不能说，哪些事不能做。不听话的家伙是要挨打的，故过小年又称"崽俚挨打日"。这样做了还不放心，还要在屋里张贴"童言无忌"的字条。

父亲曾告诉说，人在年三十和正月初一说的话，很灵验的。他说有个读书人，想考秀才又心里没底，那年吃罢年饭，就溜出门来躲到别人家的屋檐下，听别人说话，好掏掏口彩。没承想刚到人家壁下，那家的门就开了，慌得他一闪身，躲到一旁的茅厕里去了。出门的人这时居然提起了他。一个说，俺村里的某某要考秀才，另一个不屑地说，他要是考得上，茅厕里都是秀才！果然不久，这人就中了秀才。父亲说，逢年过节，各路神仙都要下凡来走走的，一边察访民情，惩恶扬善，一边也做做好事。“头上三尺有神明”，说的就是这个意思。如今肯定有不少人对此类说法和做派表示很现代式的轻蔑，认为这些禁忌和戒律，是一种愚昧的迷信。窃以为这至少是一种态度上的草率。在广大的农村，正因为有了这种对鬼的畏惧和对神的景仰，才让人不敢活得过于张扬，也不敢放心大胆地去做亏心事；尽管它是准宗教，是一种图符崇拜。

话说孬包一言过后，全村人的目光都投向了族长。族长一大把年纪了，掌握全村事务而威望甚高，此时也一筹莫展，只得硬着头皮带头趴下，从刺蓬里艰难地钻了过去。于是，大家也都忍气吞声地相跟着钻过去了，全然顾不得人前尊严。孬包则在一旁乐得抚掌大笑。

从此，孬包让村里人嫌得做狗屎臭。

又一次，村里派船去湖洲打草，好装运回来沤田。孬包作为一名壮劳力，自然要去的。但在上船前，大家都声色俱厉地警告他，不准在船上胡说八道，否则就把他丢到湖里去，身上还绑一副石磨，沉了就浮不上来。

开船跟过年一样，也是要放鞭炮搞祭祀的，也自然一定要说吉利话的。在说话中，忌讳“翻”字，“赶到”也不能说，因了“到”同“倒”音；下湖不能叫“洗澡”，叫“抹澡”；不能说“浮”，不能喊人“河佬”，等等。如同过年，猪头、鸡头作为祭品，皆称“神福”，猪耳朵叫“顺风”，舌头叫“攒头”，鸡脚叫“拿钱爪”，破鱼叫“迟鱼”（取古刑名“凌迟”之意），杀猪叫“洗猪”，杀鸡叫“绞鸡”（我们这里“绞”同“高”音）。完全一派江湖黑话模式，状如“风紧扯呼”、“天王盖地虎”一类东西。

再说孬包上船后，果真一言未发，但却在旁嘿嘿地冷笑。原来，人们在忙乱中，漏拿了煮饭烧水的家什——鼎罐。等船开出十几里远准备做饭时，这才发现没有鼎罐。这可是少不得的东西。打草的人都是自备弄好了干菜，但饭是不好自带的；就是说，船上除了鼎罐，连锅都没有一口。这时候大家互相埋怨，却又于事无补，瞪着眼干着急。孬包则双手抱肩，背挨着舱口幸灾乐祸道：“我早晓得鼎罐冇拿来哩，是你们不准我乱说话的。”直气得船老大七窍冒烟，吼道：“转头回去！等选定吉日下番再来。今朝是碰到得瘟神！”

于是就无奈地折了回来。

孬包的故事到处都有传说，只是版本不同而已。讲说这样的故事的本意，无非是找些乐趣；要说立意，大概是指人不懂世事，就活成了令人捧腹的另类。在现代，可能会让一些人从中获得另一种快感，因为这另类，冲破了繁文缛节，旧有的东西就可能尽快地消亡。窃以为故事就是故事，怎么理解，那是各人的事。

正月初一办丧事

乡下死了人，若是年三十夜或正月初一这天，不但秘不报丧，且一家人都不准哭，还要装作欢欢喜喜的样子。这是至今未变的规矩。

搁在平日，人一咽气，围在身边的亲人，一是哭声大作，二是放爆竹响众，三是族人走拢，商量操办一应后事。因为这不仅是当事人的悲恸，且是左邻右舍乃至全村人的公共事务。而在最为讲究的正头年尾，连"死"字都不能说的日子里，如何可以兴师动众、闹得别人也一身的晦气呢?

我不知别的地方如何，反正我们都昌境内，在这方面是循规蹈矩的，谁也不敢拿自己不可预知的命运开玩笑。

话说有一名穷汉，家境贫寒，人虽聪明却穷得卵搭凳。因为年轻，不知世态炎凉，不懂人微言轻，故在那年正月初一，全村男丁在香火厅拜过谱年之后，他很诚恳地对驮事的长辈们说："俺俚个香火厅倒门败壁，不像样子，我看该整修一下，免得外村人看了，说俺村没个头绪，是个晒牛屎的所在……"

这本是一番正经话，只要听话的人心态正常，限于财力采纳不了，也应好言相对，彼此都好下台。然而偏偏有人努唇翘嘴，听得很不耐烦，当即顶撞起来："你真是只死嘴，整屋要钱，说大话有卵用！站着说话不腰痛，你有几张沙皮纸拿来?"所谓"沙皮纸"，指的就是钞票。这人说话也真的太冲。

其他人也都沉默着，实际上是认同了那人的态度。

穷汉当时满脸通红，一下子噎住了，回不上半句话来。片刻之后，怨恨地看了他们一眼，一低头就走了。

一副热心肠，就成了驴肝肺。受了羞辱的穷汉一咬牙，就只身闯去了景德镇。在景德镇一位好心的窑户老板收留了他，后又入赘做了女婿兼儿子。想不到生意越来越红火，三年时间，这位穷汉摇身一变，变成了腰缠万贯的大财主。当他阔一绰二回到村里过年时，全村老少皆上门道贺，竭尽了巴结逢迎之能事。

这年正月初一，照例拜过谱年，有人殷勤地搬来一把木制圈椅，恭敬地请这位昔日的穷汉上座。其他人都垂手围着他站立一旁，就连长辈们也不例外。穷汉环视了一下这老香火厅，把三年前在这里说过的话，复述了一遍，结果听的人一个个鸡啄米似的，忙不迭地点头应是。那个曾经顶撞了他的人，满脸堆笑地说："俚是金玉良言哪！香火厅是几要紧的事，全村人的祖宗都在里头呢。不整修香火厅，别人还说我们是树洞里钻出来的哩！"

"是咧是咧。"大家一齐和声附和。

当穷汉说修整香火厅的资金由他一个人承担时，大家轰然喝彩，就差三呼万岁了。

这时，还有人讨好地说："叔公仗义疏财，是俺大家的幸福。你有么事话，动动嘴就行，俺侬都听你的！"

这时的穷汉，一念之间，心里冒出来一股恶意，黑着脸，慢条斯理地说："正月里难得有闲，后生崽俚也莫偷懒，有些事要抓紧学学……”

马上有人询问：“您说学些么事好？”

“巴丧。”穷汉轻描淡写地说出两个字来。

大家一听全愣了！

所谓巴丧，就是“八仙”（抬棺材的汉子）们在死者入殓后，用绳子、扁担、板凳等物事，同棺材结实地绑在一起，以便稳当地抬上山去。照说，这只是个力气活，简单得几无技术可言，脑瓜子灵一些的，一看就会；只要绑得牢些即可，根本用不着特别的训练。再者，即使巴丧是一项高难度的技术活，一年到头，什么时间学不行，绝不可能选择正月初一这个讲究大吉大利的日子；搞这样的丧葬活动，就连开口说它都是件犯忌的事。正月里，除了初八那天统一规定为“拜新年”，即给上一年死去的亲人祭奠外，其余皆为办喜事的日子，如结婚嫁女之类。还有立春的先一天，日子也不干净，谓之“四绝日”。

周围的人听罢穷汉的话，知道他心存积怨，有心为难大家，欲怒不能，欲言又止。

良久，才有一位长辈高声骂道：“你侬一班木卵，耳朵聋？还不快些滚走！”

杀了漆匠

有一个人特别爱说笑话，但他讲说的笑话往往曲折隐晦，当时听来，匪夷所思，看他那一本正经的样子，一点也不好戏得，也就是不好玩，不可笑，可事后想来，你却忍不住扑哧一声，笑得自己喘不来气。也有人称其为“谎家”，就是说，他的笑话多半以谎言糊弄人。

一次，村里的一位妇女见了他，笑道：“哎，说个笑话来听听……”

他当时就沉下脸来，作呵斥状：“你还有心思听笑话，你娘出事了！”

“说鬼话，前两日我在娘家来，我娘活得新鲜得很呐！”那女的说。

“我昨日买伢猪得，在你娘家村庄上转了几家，没碰到合适的。正准备回来，听你村里人说，不好，么人的娘在楼上跌下来了……”

这女人有些将信将疑了：“真咯？”

“我骗你侬做么事？骗了你我身上会长一块紫肉？”他煞有介事地：“你娘这一跤可跌坏了，不承想跌到斧刀口上了，刀伤口上流了好多好多血……”

女人没听完，就哇的一声哭了，扔了手里的活计，跌跌撞撞朝娘家奔去。

等女的从娘家回来，就气急败坏地找那人算账：“你这婊子崽，骗老娘是？”

那人不紧不慢地说：“我何时骗你啦？”

“你说我娘在楼上跌下来，跌在斧刀口上，还流了好多血！”女的说。

当时有几个别的人在场，于是跟着起哄：“骗人的事做不得！”

那人问道：“你没验伤？”

女人又气又好笑地：“没跌倒哪来的伤哩？”

“你娘的腿夹里没有斧刀口伤？”

人们一听就乐了，哈哈大笑起来。

女人的脸腾一下红了。

“伤口一个月流一次血，是吧？”

围观的人更是笑得前仰后合。女人红着脸追打那人：“你这死鬼！你这死嘴……”

说笑话扯谎篇成了这个人象征性品牌，远近村庄的人都熟悉了他，且经常与之插科打诨，穷里取乐。

有一次，他有事路过一个村庄，碰见正在一家门口油漆家具的一位漆匠。

这漆匠也是个乐天派，立刻就扯住他的衣袖：“莫走莫走，说个笑话来听听。”

那人装作为难的样子：“今朝真没闲工夫说笑话哩……下番来过么样？”

漆匠道：“有么事那样争吵？又不是杀猪赶头刀！”

“不是不是。”那人挣脱漆匠的手，认认真真地说，“我是屋里出事了。”

漆匠放下手来，关切地问："出了么事？"

他于是气愤地说："我家养了头母猪，指望它多下几窝伢猪，赚点油盐钱不是？这几日我有事忙，忘了请人牵郎猪（公猪）来配种，想不到老母猪发情了，粆栏！我老婆冇经心，让它跑了出去吃了人家园子里的菜……本来吃了几棵菜，赔他就是了。可是那户人家，也不告诉我屋里，而是怒从心头起，恶从胆边生——拿起苗子枪（梭镖），杀了我那母猪！"

漆匠瞪大眼睛，信以为真："真恶！"

那人又道："你知道杀了几枪不？"

漆匠茫然地望着他，摇摇头。

那人说得更来气："左边杀得三枪，右边杀得四枪，一共杀得七枪——我不晓得杀死了没有，得赶紧回去看看！"

"是咧是咧，是要赶紧回去。"漆匠十分同情他的遭遇，送那人走的时候，他还追上一句："下番来说个笑话呵？"

等那人走了之后，漆匠一边赶手里的活儿，一边自语道："畜生又不懂事，干么下狠手呢？一边杀了三枪，另边杀了四枪，共计杀了七枪……"突然，他愣住了，手里的油漆帚子也落到了地上。心里想，这家伙人还没着家，怎么就知道杀了几枪呢？七枪……这婊子的崽，分明是骂老子呢："七枪"就是"漆匠"啊！

曲氏杂志

第三章……

风水

曲家湾坐落在都昌县陆地南岸的一个湖汊，村庄小，又没有产出过像模像样的人物，即使发生点故事，也多是茶杯里的风波，草籽样大的事，后人多半“风闻言事”，没有史实可查。要有，也只是干巴巴的留传后世的姓氏宗谱而已。

有空的时候，我也曾胡乱地翻看过一些宗谱，除了卷首的序言，其余全部是密密麻麻的死人的活人的名字。其实所谓谱序，也多半如同死人的面容一般，僵硬而了无生气。近年来，各地修谱的多了起来，不但改石印、铅印为胶印影印，而且为了印谱的款项和坐馆修撰者的待遇，都纷纷做了规定，凡交了多少多少钱的人，一律可以上照片，上自我吹嘘的文字。这样一来，编得厚是厚了一些，许多活生生的人也有了“传记”和容颜姣好的影相，显得丰富生动了些，却不免有如鲁迅先生之谓“中国人是健忘的，无论怎样言行不符，名实不副，前后矛盾，撒谎造谣，蝇营狗苟，都不要紧，经过若干时候，自然被忘得干干净净，只留下一点卫道模样的文字，将来仍不失为‘正人君子’……”这样想着，便感到，那诸多个人照片与介绍，与古人作的谱序相比，连提供研究的参考价值似乎都没有。而谱序在行文中，其关于某姓某村于何年何地迁徙及繁衍排列之笔墨，多少有些人文踪迹可循，例如朱熹于北宋年间，落脚庐山下的白鹿洞书院时，曾为都昌的黄氏宗谱写过序言，就有些可读性（我想这肯定是得益于黄灏的请求，他曾是朱熹的得意弟子）。

我知道，曲家湾村的宗谱，是没有名人写序的。关于它的由来、历史变迁，以及名人传记之类，几乎一片空白。翻将开来，也照例是密密麻麻的死人的活人的名字。

鄱阳湖周边，各村的宗谱（又称家谱），版本大致相同。早年，用的都是宣纸，又系石印、线装、小四开，呈长方形，很厚。它们还有一个共同之处，就是头几个页面上，都画有本姓有史以来，一些有头脸的人物的绣像，现称肖像。其实绣像一点也不肖，大抵是石刻艺人按师传的模式，统一配制的；比如当了官的，该穿什么衣裳，戴什么帽子，略略的分了个朝代而已。也不管赵钱孙李周吴郑王，所有绣像人物差不多都是一个模样。不但扮相相同，容貌也一样。这自然不好苛求。早先没有照相术，先人们无法留下真实的面貌。再说，石印也是无法印制照片的。古代的宫廷画师，那时只为王公贵胄们画像，连皇帝们的画像也不见得就如其本貌。画术有欠缺不说，画师们为讨好主子，也是会往英俊漂亮上用功的。在民间，老百姓做梦也别想有人给自己画像的。所以谱上的绣像，也只是当个记号罢了。但这并不影响历来修谱的惯例。

曲家湾东边的官垅村姓韩，卷首便有标示韩愈的头像；后山的野溪畈村，因为姓于，想必也印了于谦的绣像。这些原本八竿子打不到的达官显贵，英贤名士，就这样享受起民间的香火来。至于我们曲姓，就有些犯难了，历史上竟查不到一两个合适的名人来装点自己的脸面。查来查去，发现除了近代有位医学家，叫曲焕章外，古代却只有公元前晋国的晋武公曲沃可以上得台面，但此人名头不响，又无后人所可称道的品行业绩，便舍弃了去。

曲家湾是我生命的摇篮，也是我窥探世界的文化底座。从父亲把我挽在怀里开始，每年的正月初一，我都要同村里的老少爷们儿一道，到香火厅（又称祖厅）下跪，朝那本摆在香案上的曲氏宗谱叩头。稍大了些时，我曾偷窥过谱头上的人物画像，只见那几个古典式人物的穿戴，并非官服，而是地主老财式的帽子及衣服，当然也长了胡须。我想这便是曲家湾首任筚路蓝缕拓荒者的形象。这一点上，还是真实可信的。但那大富大贵式的打扮，却是石刻艺人加工出来的。冲着他们曾经的艰苦奋斗和繁衍出我们这些后代子孙，不管他们生前是高贵还是低贱，都应该叩几个响头。

那年我十一岁罢，也是正月初一，村里的男丁们自然又聚到香火厅拜谱年。

在大人们忙于折叠黄表纸、整理供品、等候时辰，还有举行仪式之前，孩童们自是一旁嬉戏打闹。那日不知怎么回事，我同邻居重韵大伯的小儿子二和尚，嘀咕着去香案翻阅宗谱。现在想来，可能就是为了一睹先祖的画像。谁知父亲见了，二话不说，抬手就是一“螺蛳”敲在我的头上，狠狠的，痛得我头皮发麻，眼冒金星。我记得我伤心得呜呜地哭着，羞惭地躲去了别处。我那时便想到了去寻死。是自己的父亲在正月初一当着外人的面打了我，让我蒙受了从未有过的屈辱。七岁那年，父亲曾把我送给别人当儿子。我想他从来就没有喜欢过我。一个孩子，特别是穷人家的孩子，连父母的爱也得不到，那活得还有个什么劲？

重韵大伯当时也在场，他只是瞪了二和尚一眼，做做样子，显然属于“佯嗔”。

想不到那年冬天，我忽然大病了一场，病得躺在床上好几个月休学了半年，算是到阴司里走了一遭。打屁碰上咳嗽，这应该是巧合上的。可母亲却始终认为，我的大病与正月初一里早上挨打，有着必然的内在联系。待我病好了些，总听见母亲埋怨父亲：“正月初一打崽，世上都冇见过。你看应验了吧？你想想看，二和尚也动了谱，他若个不挨打咧……”

父亲在母亲面前有许多的愧疚，每逢母亲因家务而唠叨时，他多半不应嘴的。

小时候，我对于父亲的蛮不讲理，尤其是那次正月初一里的打我，是极其不满乃至愤怒的，一直到长大成人，也还是耿耿于怀。我一直所思想的是，正月初一里连骂人也不可以，平日里积了怨隙的，这天见面也都笑嘻嘻的，怎么还会发生打人的事呢？《白毛女》里的黄世仁逼死杨白劳，也选在年三十而非正月初一。讨债的人和躲债的人，都不会在正月初一照面的，见了面也都和蔼可亲的样子。父亲对这些传统的规矩是烂熟于胸的，他知道那日子是个神圣的日子，同时又十分相信鬼神的存在，在他的观念里，也明白打人的后果之不堪设想。沿着这样的思路想象父亲，又推及祖宗，从那时起就造成了对于祭祖行为的厌恶情绪和一些理性思考。

在中国文化里，对于祖宗的尊敬与感恩，是天经地义的事。因为有了他们，才有了绵延不断的子孙后代，有了许多活蹦乱跳的生命，人们由此产生对生殖的崇拜是顺理成章的事。近年来，海内外许多江姓人士大老远跑到都昌来，为的就是寻祖认宗，拜谒他们共同的祖先江万里。最令人瞩目的是“六桂宗亲”。这些行为都很好理解。只是我有时想，对于老人，不分青红皂白地顶礼膜拜，无一例外地予以神化，不管是真心的假意的，似乎都有装模作样的味道。换言之，在庄严肃穆的气氛中享用香火的祖宗，其所值得后人铭记的是什么样的精神遗产？假如某姓某村的祖先队伍里的某人，曾经是个杀人魔头，或江洋大盗，或奸恶之徒，或卑鄙小人，其后人也还奉若神明，那这跪拜的仪式所传达出的意义，就只剩了光秃秃的、赤裸裸的生命了。在人类共同的家园里，这是做不出大门的事情。先辈的罪行，虽然成了历史，但后人是有责任代为清洗的，而这洗刷之首要，便是不给他们的灵牌下跪——从“人道”的角度看，端些供品自然可以。例如当代的日本首相小泉等人，经常拜祭“二战”时期祸害人类、又被供奉在靖国神社里的甲级战犯，就是“八格牙路”行为。对先人的尊敬，并不限于狭隘的一姓之祖宗，即使洋人也有许多值得纪念的人物。国人纪念屈原，祭拜的人群姓甚名谁的都有。当然还有孔子，还有神农，还有黄帝，还有大禹，等等，也都不是某一姓氏的人向他们下跪的。人们在对这些古人跪拜的那一刻，所接受的无疑是一次精神上的洗礼。

曲家湾人迁居此地，历史应该不会很长。这里至今地盘小，人口少。我懂事时，全村只有十几户人家，不足百口人。其中有两户鳏寡，一是女老倌荷得，一是男老倌扯叭叔公。现如今，包括谋生在外的人员在内,也还不上两百人。村里的长辈们曾说，我们曲姓人是从山西过来的。估计是跟晋武公曲沃扯上了关系。但宗谱上没有明确记载。根据推算，村史不过一两百年，约在清代中后期搬迁来的。

古人写史修志，有许多的苦衷，于是用了诸多“曲笔”。我们也就无从查考曲家湾的始祖究竟是何人也。首先可以肯定的是，他们的经历平凡而又普通，倘若是某些成员曾经有过一官半职，谱头上是会大书特书的。其次便是苦日子挨过来的，因为村里没有像样的一处古建筑，连遗迹也没有。这样，我们就可以想象，曲家湾的祖先，最初是一个或兄弟两个、三个，或夫妇二人，还带了一个、两个孩子，从别处逃荒要饭来的。曲家湾之忽然燃起炊烟，很可能就是一桩这样的偶然事件。他们在生活无着、万般无奈的情形下，开始了漫无目的的漂泊。经历了千辛万苦，实在走不动了，倒在地上爬不起来了，再望望没有尽头的远方，就决定了在这个不知名的湖汊里落脚，就扯些野草，和些湖水煮煮，咽下第一顿苟延生命的食物，待有了些力气了，再砍些树枝，搭个草棚——一住下来，就再也不想走了或走不了了。我们的祖先，就是这样一位或几位普通农民，他们并无远大目光，也想象不到有怎么宽阔的胸襟，他们一心一意地想着的是如何填饱肚子，又如何把孩子养大。他们没有半点神奇的地方，他们破草开荒，在土里刨食，同大水与干旱相处并争斗，屈服于自然的惩罚，也屈服于外人的欺侮，日子过得一点诗意都没有……作为子孙后代的我们，逢年过节，自己吃饱了喝足了，享受活着的百般滋味，是一定不该忘记了他们的。我们一边打着饱嗝，一边端些供品，上几炷香，磕几下头，无论如何都是应该的。面对他们曾经的勤劳与质朴，我们所获取的是永恒的精神资源。只是应当记住：他们曾经是人，而非神仙也。

多少年来，乡下人衡量一个村庄的兴衰优劣，有三个标准：一是人丁旺不旺，二是有否官员，三是有钱没有。在此标尺的度量下，曲家湾无一处可资骄傲。而对于村庄自诞生以来的不曾显赫，曲家湾人显得十分心平气和，因为宿命论告诉大家：曲家湾的风水有问题。

江南的村庄，由于地理原因，大都是小型村落。偶有冲积平原，大村子也是有的。在丘陵地带，几乎所有村寨都是背山面水的格式，又以坐北朝南为最佳。环绕鄱阳湖散居的人群，多为同姓簇居。有许多村庄后面的山丘，往往只是略高些的土坡，植有小树林，葬有坟茔，有荫庇之利。村前又均蓄有水塘，用来炊饮、洗涮、养鱼、浇灌。若是塘水饱满（多在春夏），水面长有角菱、荷花、浮萍，又有几只鹅鸭嬉游其中，就织出了如画的田园风光。

曲家湾的长相，未出此格。不过又有它的特别之处，即村子的南、西、北三处，均为高垴，唯村东一道豁口，由高而低朝湖洲延展，形成几十亩大的垅田，谓之东边垅。整个村貌，像一只仰天露出凹底的半边豁嘴葫芦瓢。

村里年长的章驰老倌，小时因家底殷实而读过些私塾，懂了些易经八卦，他多次说过："可惜得嘞，俺村子门前的畈垴高得了，当头拦住了，出不得官呐……"

对于宿命的笃信，和对"半神仙"式人物的信服，几乎就成了百姓的一种心理平衡机制，也于是少了些怨气，多了几分坦然。

老早的时候，我听过一则笑话。说三国时的诸葛孔明先生，能够预知五百年前后的世事变化，他只要掐指一算，天上地下，什么事都瞒不过他，故谓"神机妙算"。他写的奇什么遁甲的书，还留传了后世。就在他临死的那年，他突然心血来潮，急忙掐算，一算就算出了他身后五百年将要发生与之相关的一件事，拈须微笑之间，唤来几个亲信心腹，吩咐在他死后，怎样构筑陵墓，如何撰写碑文——切记切记。果然，五百年后，明朝开国皇帝朱元璋的军师刘伯温先生，一次路过孔明的坟前，备了香纸爆竹，写了凭吊文章，诚惶诚恐地拜谒这位妙算先圣。可一到墓前，便见碑文曰：“五百年前诸保刘，五百年后刘保朱——我知你，你知谁？”文末又道：“小刘小刘，快来添油！”慌得刘伯温纳头便拜，磕头如舂米。

这故事显然是后人戏说历史的一个编撰。三国蜀汉至明代初头，有一千好几百年。刘伯温到没到过武侯陵，也得两说。再者，圣人观历史，善思辨，知兴衰，但绝对不知道未来的具体人事。乡下还传有刘伯温的所谓“烧饼歌”，又谓《韩记》，也就是这位老先生用隐晦曲折的歌谣，暗示将来会发生什么什么。有人问我读没读过那东西，又拎出几句让我解析，我都一笑置之。然而还是有人相信它的真实可靠性的。我想这第一，是对算计的仰崇；第二，是对定命的认可。

曲家湾人对于本村风水的先天不足，颇有知天乐命的豁达。但日子一长，多少就有些沉闷，与别地的兴旺发达相比，心里不免空荡失落。于是又有了别样的方法来调节精神状态，比如“老子先前比你阔”之类。

曾听大人们说，本村曾几何时，也相当地富足过。说那时的村舍，不像现今这般简陋，也不是如此乱七八糟，而是一律的封火屋，东西连贯，整齐划一；又分南北两排，中间铺有长长的青石板路，像一条街道。街的上空两檐相衔，晴天不晒日头，雨天不走湿路。只是天有不测风云，人有旦夕祸福，不知是哪年哪月哪日，得罪了上天，曲家湾遭丙丁，大火连烧了三天三夜，败了个精光，这才成了后来这等模样。

这段“历史”，显然只存在于村人的想象之中。我曾有意无意地观察过，村里的地貌及走势整体呈北高南低的斜坡状，东西之间，中段又有凹下去的一道沟堑，所以无论从宽度到长度，都无法置放长长的街道式建筑。我看到不时有人翻盖新屋，或者重修老屋，所挖出来的基土，很少瓦砾，更未见曾经火烧过的迹象。

倒是一个叫老八的曲家湾人，有几分可信。他的行迹好像真的印证了这个村庄的风水问题。

故事说，太平天国时期，曲老八在太平军里当了个头领，是个“八台”官。八台是个么事官衔，级别有多高，我没有查阅过相关资料，估计也不是怎么了不得的职务。可惜的是这位八台爷，仅仅兴时于太平天国的式微阶段。有一天，几艘兵船在鄱阳湖上老远驶来，绕过龙头嘴，快速地来到了曲家湾的东边垅口。沿湖各村的人见了，吓得四散逃窜，高声疾呼：“长毛来了，长毛来了……”

曲老八这时立于船头，大叫：“曲家湾人不要跑，曲家湾人不要跑……”

农民畏惧农民军，这军队也就走到尽头了。果然，老八带了一帮兄弟，是兵败之后逃难来的。我想那时节，应该是曾国藩征剿太平军大奏凯歌、弹冠相庆的时候。

曲老八一行下船之后，各自卷起行囊，诸如衣物、金银细软之类，便匆匆地化作鸟兽散了。老八则回到曲家湾他的家里，见过分别多年的父母，声称从此归隐故里，安度余生。原以为家乡最是安全，却不料有人告密，被官府提鸡一样抓走，终被正了法典而血溅故土。

老八的下场，换来的是村人的叹息，和人后偶尔的谈资；这样的角色，板着脸孔的村志家谱，是拒绝记载的。

人物

曲家湾有很多很有意思的真实人物，但他们的“有意思”都上不得台面，入不到“正人君子”的行列。这些人都是活生生的，我曾经就长期生活在他们中间。虽然现在，与我父亲母亲同代乃至年纪更大些的人，大多已不在人世，他们却仍然活在我的记忆里；那些个人事，不管体面的不体面的，正经的不正经的，有趣的没趣的，我都记得异常的深刻。

曲崇智是我青少年时期心目中的一棵大树。不是说这棵大树有多么枝繁叶茂，我指的是其高大巍峨，须得仰视。他是村里近现代史上最值得骄傲的一个真实人物，显赫在上世纪五六十年代。他身材高大，村里只有他和文涵长得差不多有一米八高。年轻时，他俩都剃了青皮和尚头。崇智自打当了干部，才蓄起了大背头。文涵只当了村里生产小队长，不大在意自己的形象，就光头了一辈子。

早先男人的发型，有几种样式，都属于国民革命时期，表达与清政府决裂时剪掉辫子后的遗迹。一种就是和尚头，干脆把头发全刮光了去。另一种则是在脑后剪去“猪尾巴”，其余仍如原状（即脑门上端依旧剃掉部分），如电影《红色娘子军》里的坏头头南霸天那样的发式。这种发式又多半为年龄大些的人所留用，像重韵大伯、章驰老倌、扯叭叔公等人就是如此这般。当然也有例外，崇智的父亲章印老倌和“钻子头”文韬，就剃了光头的。至于我父亲兄弟及水生、崇仁、崇义等，都蓄了所谓“西装”头，可后颈及两鬓却剃了去，看上去活像盖了一只团鱼（甲鱼、鳖）壳。那时，我们崽俚的头发，样式十分古怪，东留一绺，西蓄一块，很像古代蒙古汉子的发型。但通行的做法是，从毛伢开始第一次剃头，有两块地方必得留发，即天灵盖（百汇穴处）上蓄一块锅铲式的东西，起保护作用，再就是后脑勺至后颈窝留一撮毛，其余都刮掉了去。后颈窝的那撮毛，叫“替身毛”，须等稍大了以后，按瞎子一类算命说的“上大运”时方可剃去。何为替身毛，没人告诉过我，猜想可能是为了消灾用的；孩子小时多病多灾，须得有个替代，有个消灾顶祸的地方……

年轻时的崇智蓄大背头，自然条件并不好。大背头本来仅适合于中老年，不但可以表现一个人的成熟，更主要是等到上了年纪，头顶上的毛发日渐稀疏，甚至秃顶或者半秃，往后梳的头发就服帖听话。难怪有人愿意留“南霸天”式发型，原因自是倘若不把前面一段剃了去，大背头就“背”不成了。崇智自然不会留那种象征封建遗老的东西，那与他当时的政治身份很不符合。于是就难为了他。那时的干部，从土改时起，不论大小，均以蓄大背头为正宗形象，几乎从中央到地方，都是一个模式。崇智当过本乡高级社的副社长，自然要入流，要穿四个口袋的中山装褂子，要蓄大背头。只是他的头发又密又厚，且又植近前额，为了保护整个头型的协调一致，把头发从头额往后梳去，呈覆盖状，就有相当的长度。那时候，虽然也售有生花油之类，少数有钱的女人买得起，但它的作用，只是使头发变得乌黑油亮而已。即使崇智暗里使用了它，也未能让他的长发驯服。那时候不像现在，搞头发有多种手段及材料。就是说，当初没有带黏性的水剂类护发物。于是，常见了崇智的头发，顽强地散发开来，或垂至额前，或遮掩两耳，故他说话做事时，两只手总是忙不迭地往脑后梳理头发。

崇智还有一个性格特点，就是说话时，语言节奏快，一句赶一句，以提速的方式表达自己的观点，且在语气中含了不容置喙的威严。我没见过他当高级社副社长或大队支书时的讲话，但看过他多次在村里无论是社员大会还是随意交谈时的说话方式。他的鲜明的特点除了节奏快外，还有就是当脑子里的措词跟不上嘴里吐露的音律需要时，就难以避免地伴生“这个”或“这个这个”、“这个这个这个”之类的辅助词。

“这个”是当时盛行于官场的口头禅。据说有好事之徒曾为县里的某位领导计算过，一次个把钟头的讲话，他就有三百多句“这个”。那时的都昌县，干部队伍的骨干主体，大都是南下干部。解放军横渡长江后，取得了全国性胜利，南方干部奇缺，“南下干部”就应运而生。他们都是来自北方解放区，自然也带来了当地官方的一些讲话风格与话语系统。这些干部有读了几年书的学生，有刚刚扫了盲的当地干部，也有文化程度特别低的人，甚至有写不来自己名字的。但无论如何，“这个这个”的官方流行用语，则是不难学到的。崇智当了干部，耳濡目染，很自然地就模仿上了。

其实，崇智并非浅薄的人，即使在年轻时，他说话办事，还是很有板眼也很有城府的。我所认识的他，是威严的时候威严，随和的时候随和。平时，他总是逢人便笑。打小时候起，他就落了个外号，叫“弥勒佛”。弥勒佛是尊菩萨，不仅是肥胖，而且是个笑脸和尚，其笑容永远非常灿烂。但是崇智又特别爱读《三国演义》。老话说，少莫读红楼（《红楼梦》），老莫读三国（《三国演义》）。意思是，年轻时读了红楼，变得多愁善感，销蚀了锐气，没了斗志，无益于事功上的进取。而人老了再读三国，于事无补，排不上用场，徒增了烦恼。正如孔老夫子说的，少年戒之在“色”，中年戒之在“斗”，老年戒之在“得”一样。崇智无形之中便遵了古训。他在青年的时候，就开始了研读《三国演义》。但他父亲章印老倌也识不了几个字，也没有过官场经验，不知崇智得了哪位高人的指点。

国人对于《三国演义》的情有独钟，成了一种浸淫血液的根性文化。大到从政、打仗、经商，小到为人处世，人们几乎都自觉不自觉地从那里获得了智慧与手段，它仿佛就是一只百宝箱，一座智慧库。

我记得，崇智有一部分线装的、由单行本组成的、竖行排字的《三国演义》，书页已经泛黄，但保管得很好。他不但自己读了很多遍，还嘱咐儿子去读。他的大儿子冠孙尚未成年，就开始了阅读。冠孙曾对我说："我爹叫我多看'三国'，看了有好处。"冠孙虽不明白有何好处，但还是被书里斗智斗勇的故事所吸引。中国能读得懂《三国志》的人极少，而喜欢上《三国演义》的却不计其数。后者的通俗化、大众化，把一个"春秋无义战"式的三国纷争，写得波澜壮阔，写得正气凛然，写得妙趣横生，写得波诡云谲，真所谓"寓教于乐"也。人们在欣赏中获得满足感的时候，于不知不觉中萌生了对正统观念的推崇，和对尔虞我诈类手段的叹服。就在这潜移默化的过程里，即使性格开朗的人，不惯心计的人，也会因此变得"深沉"起来。原本性格内向的人，会变得更加阴鸷可怕的。

崇智的性格基调，应该是很开朗的罢。他在得闲时，总是情不自禁在同他人摆古说三国。我最早晓得三国里的奸雄人物曹操，就是从崇智的口里听来的。诸如"割发代首"、"梦中杀人"、"妒杀杨修"等等。崇智很愿意别人分享他在《三国演义》这部书里体会来的快乐。他显然不是一个过分有心计的人。

几十年后，当我回忆村里的那些陈年往事，无意中想起他们那一代人各自在村中的位置时，发现其人事结构很有些“三国”意味的摆布。我不知道这是刻意的安排，还是浑然天成。不过，我总是隐隐地感觉到，这很可能是熟读三国的崇智的一个手笔。

曲家湾村庄虽小，人事关系却颇为复杂。以居住方位与族系划分，有三大块，即：北头、南头、东头。南头与东头，人口少但辈分高，北头则人口众多，占全村人口一半以上，说明繁衍的快速。如果硬要比附三国，那北头则是曹魏，南头是蜀汉，东头便是东吴了，也可笑称“鼎足”。成立人民公社后，农村靠所谓集体经济，所有制发生了根本性改变，必须实行权力的重新分配，才形成权力的角逐而有了所谓鼎立之可能。例如集体经济瓦解之后，人们分到了“责任田”，各人忙自己的农事，连村长都没人愿意做，也就自然“崩盘”了。“公社化”则是一段特殊的岁月，也是普通人的权力欲望被点燃的岁月。

曲家湾由于人口少，一个自然村，为一个生产队。我记得在野官大队，曲家湾为第八生产小队。所谓野官大队，是将野溪畈和官垅村两个村庄的村名中头一个字合制而成的。在曲家湾，北头自然是权力重镇，生产队长是文涵，会计是崇仁，还有野官大队支书崇智，他们一跺脚，全村都会颤动。东头和南头也有代表人物，东头的水生是生产队仓库保管兼出纳，我父亲代表南头忝为贫农代表。很显然，在村权的瓜分上，南头是权力的真空，父亲作为村级“议员”，能有多大权力？其实，就物资与资金的“保管”而言，权力最大的还是水生。队长只能是分配上的决定权，会计也只是做做明细账罢了。所谓贫农代表，这些方面是沾不上边的。假如这些权力分配，皆源于崇智的精心安排，那他的用心究竟说明了什么？不得而知。可在客观上，这样做的结果，这种“北强南弱东中立”的格局，以权力倾斜方式，奇妙地达到了某种平衡，出现了外人眼里的所谓团结和谐的景象——就不能不佩服崇智的“知人善任”了。

我于是在幼小的年龄，就读到了活生生的“三国演义”。

崇智在早年，对于中国式的谋略文化，可以说是无师自通。据我观察，他无论是面对自己的处境，也无论工作或者生活中待人接物处世，还是关乎整个家庭乃至儿孙们未来的设计，都能够开通脑筋、动用心机。尽管他后来遭遇了棋输一着、满盘皆输的重大挫折。

记得有一次，崇智向众人讲说了他祖人中曲老细一个故事。我至今记得清晰。

鄱阳湖周边的农人，早年为了肥田，大抵是春上打湖草，冬季打草皮。所谓打草皮，是等冬天水退干湖之后，用阔锄头，在湖洲上刮取表面上的一层枯草浮土。这所谓草皮，多是在冬闲时刮锄，又一般在距农田极近的湖洲，末了用土箕挑到田里地里，比较方便。用途自然是改造贫瘠的土壤，获取好的收成。

曲家湾东边垅挨湖处，有偌大一块湖洲，本可尽情取用。不知为什么它却属于官垅村的韩家，水满时打鱼自不必说了，水干之后打草皮,也一直纠纷不断。就如同都昌县到南岸洲那边,在自己的水域打鱼取草一般，没有实际上的自由。于是，故事就发生了。

话说那一年，曲家湾人在东边垅口的湖洲上打草皮，被官垅村人赶得飞跑，不仅打不上草皮，而且极伤自尊，但是武力打不过人家,便无计可施。正在万般无奈之际,崇智的叔嘎嘎(叔祖父)曲老细，回家来了。

曲老细从小流浪在外,拜得名师而自幼习武,尤以棍法见长。他常年在外，不知是干保镖的营生，为别人看家护院，还是开设武馆、上门授徒。崇智可能也不甚清楚。当老细听了村人的诉说，轻轻一笑:“莫慌，明朝我一个人去。”

翌日早饭过后，曲老细拿一根习武用的齐眉棍，装上一把阔锄头，扛在肩上，悠然地走过东边垅，来到湖洲上，有一下没一下地刮着草皮。打棍不是锄头柄，斗装锄头时，不经斧削戗磨，根本不合式，所以曲老细挖了几下，锄头就脱落下来。如是再三，老细就斗锄头的时候多，刮草皮的时间少。有过路的人见了,外行说,这个人站没有站相,做没有做相,是个吃“相公”饭的，你看他打草皮，连锄头都装不好，真是！内行人却看出了门道，心里嘀咕，这人不是打草皮的，是寻祸来的，你看他的那根锄头柄，分明是根打棍！

就在曲老细等得有些不耐烦的时候，官垅村嘀来了一大帮子人。他们不知高低深浅，一个个手执扁担扒锄，嗷嗷叫着围住了曲老细。老细则不动声色，也不打话，照旧刮草皮，一副好整以暇的神情。这时，有一性急的莽汉，虎地蹿出几步，口里骂声“娘只 ×”，兜头就是一扁担砸下去。

说时迟，那时快，曲老细一抖手中的打棍，锄头落地，马上闭住千斤门，棍架头顶格去扁担，几个动作一气呵成。紧接着高喊一声：“婊子咯崽，你一帮人打上来！”说话间上步千斤走，左手松棍，右手挥棍由左到右，向上绕头一圈，使开了拨、打、点、挑、扫等诸般路数，打得十几号来人个个人仰马翻，喊爹叫娘，狼狈极了。他们纷纷丢了家什，狼奔豕突而去。

听罢崇智绘声绘色的描述，听众们一个个开怀大笑起来，这是曲家湾人至今最感扬眉吐气的一个故事。故事发生的年代并不久远，那时年近八旬的章印老倌，还依稀记得他的那位细叔的模样。也是自曲老细时代起，曲家湾人开始兴起学武之风，到我父亲做崽俚时的解放前夕，他们一代人也都学过几套拳脚功夫。

我记得，崇智讲罢故事，还即兴做了一下点评，他说：“我叔嘎嘎不光是武艺好，脑子也十分灵转。这个这个，侬想想看，他单身一人上洲打草皮，以寡这个敌众，在力量这个对比上，我方占理。这个另外一方面，扮成打草皮，打赢了这个也是自卫，是这个被迫反击。再说，法律文书上，这个这个，又有规定打棍不能做锄头柄用。相反，这个，销兵器而事农耕，这个是值得大力提倡的好事。你说是不嘞？呵？”

这一番高谈阔论，直听得众人一个个鸡啄米似的连连点头，附和之声霎时迭起："是咧是咧。"只是我不知道，这热烈的响应，是敬仰曲老细的文武兼备，还是叹服曲崇智的世事洞明，也许是二者兼而有之吧。

散韵

鄱阳湖边的村落，不像山林里的寨子，或者平原上的屯子，一个明显的区别，就是几乎看不到所谓的"物质文化遗产"；其"非物质文化遗产"，也多残缺不全，或者流失殆尽。想必是因为年年都涨大水的缘故，经济上没有承担建筑的能力，即使建有一些景观，也会被大水淹毁了去。再加上航运之便，乡人不时驾船外出，与别处的城市文化有过亲密接触，从而在比照上，习惯于抛弃和吸纳，虽然这吸纳的可能是皮毛，抛弃的也许是精华。

曲家湾一带，见不到古文化象征意义的亭台楼阁，即使一两幢像样的民居，如两进带天井的封火屋，也不见有雕梁画栋的风采。至于恢宏的"大雄宝殿"类的庙宇寺观，高耸的牌楼，迤逦的廊桥，秀美的水榭，更是杳无踪迹。甚至连下马石、旗杆石那样的遗物也冇见到过。我想如此景象不仅标示了区域性的贫困和由于水患的侵蚀所致，也可以理解多数人在湖边居住的历史不是很长。

有关资料显示，都昌人口情况自明代开始有了记载。人们津津乐道的“大战鄱湖十八年”，应该是人口急剧下降的根本原因。洪武十四年，即 1392 年，都昌只有三万不至四万人。至嘉靖四十一年，人口上升到十二万多些。清乾隆年间，便有三十多万人口，这应该是鼎盛时期。而在民国三十七年底，又回落到二十余万人。如今已增长到七十多万人口，翻了几番。据我推测，除少数原住民外，人们渐渐聚居湖边，应该是清代中后期的事。人口快速增长之后，原有的土地不够用了，这才不得已而求其次，陆续搬迁至靠近水患处讨生活了。估计别县沿湖而居的情况，也大致如此。

多少年来，我差不多走遍了都昌沿湖各地的村子。我所看到的是，除 1998 年特大洪水发生后，人们靠中央政策享受移民建镇优惠而陆续建造了小二层的楼房外，此前的住房建筑，大抵是千年不变的样式。各个村子少有封火屋，绝大多数都是土砖砌成的木质结构的七树三间、五树三间、三树三间土瓦房，又以后者居多。破门倒壁的房屋也不少见。

即使有一些颇具文化特质的具象物，如祖厅、土地庙之类，也都是一派小家子气。偶见一处龙王庙或土地庙，里面小得只放得下一张八仙桌子。庙里没有菩萨神像，只有泥案香缸。如今信仰自由了，人们便可以放心大胆地给这些小庙送匾额、挂红布，写上“功德无量”、“有求必应”、“华佗再世”字样。龙王爷本来只管雨水的事，土地神只管五谷的事，但人们把治病救人的事也强加给他们，使之平添了一份额外工作。有用没用不要紧，“信则灵”么。

在一些路头，还常见栽有一根高高的木杆，顶端吊了一只小木笼子，里头点有一盏油灯，每到夜上亮出一星黄色的光来——人们称其为“天灯”。天灯的起源，我想大约是给夜行人指点方向的路灯。它至少在某一块地方，解决了“鬼打墙”的问题。日子久了，迷路的人得其指引而可能“死里逃生”，于是就传神了，活灵活现起来了。天灯，也因此是一处神祉，也有人给它上香烧纸打爆竹，也让人绑上了许多的红布条。它的原本照明的功用倒是消退得一干二净，而是管起了凡间别的许多大事小情。与此相近的还有神树，即村前庄后那些年轮稍大些的老树，如古樟、银杏、莲籽树，甚至棘荆树，都有可能享受到人间烟火。

过时过节的一些宗教仪式活动，多半涂抹了娱乐的色彩。如闹元宵玩龙灯，端午节看龙船等。中秋节大人们赏月，儿童们则玩月下“摸秋”（即可去野坂田地偷摘别人的瓜果而不被视作窃贼），或“铲扁担车”。所谓扁担车，就是将两条扁担交叉绑扎，杈里坐有一人，前拽后挂，一大帮人在屋道里嘀叫着奔跑的一种游戏。最为热闹的，要数正月里的婚嫁活动。早年，在革除轿子后，新娘多半要坐马的。南方的马少，特别是鄱阳湖一带，更是凤毛麟角。估计有人看中这门子生意，从别处买了马来饲养的。新娘子在我们这里叫“新妇得”。新妇出嫁的那一天，开面梳洗，穿着婆家送来的新衣，还要穿戴租借来的凤冠纱罩。所谓凤冠，就是戏里的旦角头上戴的那种，上面扎有彩色绒球，和曲成朵状的细小但又透明的玻璃管子。纱罩便是霞帔类的东西。新妇涂了胭脂的脸上不再遮有红布，而是戴了一副墨镜，叫“文明镜”，这也是租借来的。新妇得坐在马背上，有人牵着，走得很慢，不会摔下来的。马前，有一对彩旗开路。紧接着，跟有四具“响器”。这响器，就是四面铜锣，由四个人敲打。头两面铜锣形状较怪，比大锣小些，但又厚又重，且中心处凸出一块小圆饼状，木棍就是敲打在这突出处。它们的响声也不相同，一是“当”，一是“咚”。后两面锣则一样，面大而同样响声为“嘭”，俗称“催锣”。这副音响组合起来的声音，就是“当、咚、嘭嘭……”行走时一直这样简单地重复。现在想想，这样的迎娶队伍，其架势颇类戏里的状元游街。那彩旗要换了“回避”的牌子，俨然就是古代官员的行状。只是那发出“当”、“咚”之声的两面铜锣，好像是哪个少数民族的一种乐器，古代官场的鸣锣开道并不使用这样的铜锣（我们鄱阳湖一带，为何在特殊的日子里使用上了它，这一直是我心中的一个疑问）。

结婚不但是人生大事，一个村庄办这样的喜事，也同样隆重得不得了的。像曲家湾这样的小村庄，几乎是全村动员，人人上阵，个个都是角色。我们崽俚，也不免要介入其中，这是我对它的细枝末节记忆深刻的原因所在。比如，发嫁妆时，闺房里“吵嫁”的哭声响成一片，新郎临走前的下拜；喝酒前有庄严的祝酒辞和安排座次，晚上闹洞房的一应程序，等等，我都记得一清二楚。

属于我的自主活动，且让我最为心仪的，就是挺龙灯的元宵节。曲家湾不叫玩龙灯，叫挺龙灯，那心中就含了几分敬畏。但我们这小村小寨，用不起布龙，挺的却是草龙，即“秆把龙”。草龙的扎制十分简单，省工省料，也算得上因地制宜。龙头是一把大一些的秆团，把一端掰开，为龙的上唇下颚，两边各插一根竹椏为角——龙头就算成了。龙身更简单，即搓一根长长的草绳，每一段位绑上一把相对龙头小些的秆团，是用来穿棍子、插灯笼用的。龙尾则是用一把禾秆，留出穗子，呈扫帚状。

草龙是三岁孩童们的游戏，大人们是不屑于参与的。我的最早的记忆，是父亲为我们扎的龙头。然后又指点我们怎样搓绳子，怎样结秆团。我至今找不到草龙的成因有什么特别的含义，只认为它的诞生就是成本原因。也因此，从正月十四日晚开始，连续三个晚上走门串户之后，于正月十六日晚，以火化的形式送龙归天，就有了可能。布龙是舍不得一年一度火化的。我在长大了些，十多岁的时候，便将龙头龙尾部分进行了改造，即改用篾扎，用红绿纸来糊，里头大到可以点一支小蜡烛的新样式。这样挺起来就真的像龙灯了。因为这是我的创举，自此龙头就归我来挺了。别的小伙们都不愿花这份心力，就认同了我的这种身份，这让我异常兴奋和激动。俗话说，烧得元宵纸，各人出门寻生意。意思是，元宵一过，正月里一应的节日事务都忙完了，该做谋生的正经事了。而我在初十挨边的时候，心里就惦记上扎龙灯了。

挺龙灯是吃了夜饭过后，你呼我叫，大家聚拢来，点上蜡烛，一声吆喝，就起灯挨家挨户地走。挺龙头的我，便是这支队伍的首领。每进人家的大门，在户主欢迎的鞭炮声中，我要高唱彩词，且每念一句，众人就随声附和一句“好哇”，显得十分的热闹。

例如：

龙头进门笑哈哈——好哇！
先打爆竹后放花——好哇！
爆竹响得像春雷——好哇！
花儿开进千万家——好哇！

又如：

龙头进门笑嘻嘻——好哇！
拿把剪刀剪龙须——好哇！
一剪剪出春光好——好哇！
二剪剪出红双喜——好哇！
三剪剪出玉如意——好哇！
四剪剪出蟠桃会——好哇！
五剪……

那时节，我总是陶醉在人们欢天喜地的神情里。我喜欢看大人们平时难得一见的笑容，甚至更乐意听别人对我的夸赞与恭维。在长大成人之前，这是我在曲家湾，一年之中，唯一一次可以赢得的一份尊重。它是那样地吸引我，让我终生难忘而刻骨铭心。

在我的记忆里，端午节到岔港镇的麻石桥上，看港里的龙船竞渡，是有一年没一年的事。这样的节日，江南人多要包粽子的，但我们这里不兴这个，只是新麦上市，磨粉做些发粑，煮些鸡蛋及大蒜头而已。看上一回龙船，也很扫兴，那龙船不是特制的，而是稍事装点的渡船，即舢板，往往也只有一条或两条渡船争流而已。我想我们这里的人在心理上离屈原十分遥远。远不如楚人对屈原的那种上心入情，那种魂牵梦绕。我甚至只是到了初中以后，方知端午节是为着纪念一个叫屈原的老人。而且我又只是在步入社会以后，捡到一本破旧的中国文学史的书，读了之后才晓得屈原是一个古典的爱国诗人，其最著名的诗篇是《离骚》。我那时就朦胧地意识到，说文人是骚人、骚客，应该与屈原的《离骚》有关。我村子里是没有人了解屈原的，我的中小学老师是不懂《离骚》的。难怪章驰老倌读了那么多的书，不懂得吟诗作赋，只懂些珠算，记些账本，掐些生辰八字。也难怪他的读了不少书的儿子崇义，喜欢古典文化传统，但写字只是一手别扭的馆阁体，讲传说古又常常丢三落四。在这样的小环境里，我喜欢文学写作，首先就先天的不足了。

在别人艰难谋生的手法里，不时地也领略了不少局外人眼里所谓的娱乐活动。诸如打梆筒唱道情的，拉二胡算命的，演猴把戏和“撑骨头”戏（即布偶戏）的，等等。最有趣味的，莫过于见了顽皮的猴子（我们沿湖极少见到猴子），爬竹竿、翻斤斗，还摹仿人的神态，扮作官老爷，走路、坐轿子，装模作样、煞有介事。演毕，它又端一面铜锣，颠着屁股绕走一圈，向围观的人群索要钱币，给了钱则鞠上一躬，不给钱也不要紧，颇有“有钱捧个钱场，没钱捧个人场”的意思。后来读到“沐猴而冠”的成语，想起猴把戏，就禁不住一乐。

我所最先接触文字的“文化”，应该是春联。最早的时候，我记得全村都由崇义一个人来写。他的眼神不好，写得特慢，常常要忙乎一天。我读小学四年级时，父亲买来红纸，裁好后叫我写，我很高兴，就胡乱地写了。现在想来，那一定是写得十分糟糕的。乡下人说：“写字无巧，墨浓笔饱。”这在书法界，被称之为“墨猪”。我已不记得自己第一次写的对联，难看到什么程度，但记得父亲鼓励的话：“有么得好不好，只要是红纸黑字就行。”我想父亲并不见得就是想心事如何培养我，而是不愿花工夫求人家罢了。但在客观上，他的那种做法刺激了我后来想把毛笔字写好的愿望，平时就多留了一份心，谁的字好就摹仿谁。到了中学，我学写老师的字，有时到了以假乱真的程度。

写春联原不只是单方面的书法上的事，它还让你无意中明白了对联的作用与形式。在我看来，至少第一晓得了春联要尽量拣好话去说，第二晓得了文字上的对仗，词性要相对，即名词对名词，动词对动词，数字对数字，量词对量词。大门一般是“天增岁月人增寿，春满乾坤福满门”之类。耳门又多为五个字一句。猪栏门上，多贴“姜太公在此”字样。写的时候问了大人，便晓得了姜子牙的故事。结婚的对联要丰富生动些，比如“喜看红梅多结子，笑看绿竹广生孙”，就让我不仅懂了它的含意，也会去联想那两种植物的不同之处来。印象最深的一副，是“幸福如几何直线延长，子孙似小数圆点循环”。估计这是现代人做的对联，而且是懂了理工科的新型读书人。

就文字而言，传统意味浓重的，还有墓碑。放牛或者捡栗子时，常见了山峦里的坟堆和许多坟前石碑。知道了“流芳千古”的意思，也知道了坟里头躺着的孰男孰女（男人碑刻有“日”字，而女人碑则刻着“月”字），也最早懂了“殁”的概念。耳濡目染的多了，心中存了许多的疑问，就有可能找机会请教大人，或者书本，我想这也可称作“学问”的。

其实，曲家湾最为经典也最有学问的传统文化项目，是唱高腔曲。

这让我想起重韵大伯，想起这个远近闻名的高腔曲师傅来。

江西的地方剧种不少，就我所知，当然首推赣剧。另有采茶戏剧，盛行于高安一带。赣剧可能有不同的风格，或者流派。鄱阳湖一带以“饶河调”为声腔演出的赣剧，听起来似乎要比省里原先的赣剧团的唱腔，味道要足些。就是说，草班赣剧可能更接近它的原创。都昌县的东部与鄱阳县的大部，十分作兴这样的“饶河调”。都昌同时也有唱采茶戏的高手。土改以后，县里又成立了黄梅戏剧团，一直为主流艺术。在我们曲家湾一带民间，作兴的还是高腔曲。

在我的见识里，高腔曲没有过登台表演（其实不然），只是一伙班子，各自手执锣鼓铙钹，自唱自打，没有扮相，没有表演，甚至没有丝竹伴奏，属于最粗糙低级的“唱堂会”。谁家有个么事喜会，比如结婚圆房、做屋闹梁等，就邀请他们去，在东道主的家里，摆开场合，亮出家伙，一阵鼓响锣鸣，就唱将起来，又常常闹他个通宵达旦。

听老人们言道：“高腔曲，弹腔戏，文词采茶打狗屁。”这是从他们所认定的雅俗角度划分的。高腔曲同弹腔（赣剧）戏一样，多半唱的帝王将相、才子佳人。而文词与采茶戏，包括黄梅戏剧，最初都是贴近百姓生活的折子戏（乡云“插折”），诙谐搞笑，滑稽有趣，比如黄梅戏的《老少换妻》之类。由此看来，上述关于雅俗的划分有失偏颇之处。

高腔曲的来历，有资料说，原称青阳腔。它源于南北朝时期的“徽池雅调”。这“徽”字号，显然与安徽有关。徽池雅调于明万历三十八年（即1610年）始，“由皖南经景德镇传入都昌”。至今快四百年了。1955年，流行于都昌的高腔曲，被相关人士发现，新华社播发了江西发现青阳腔的电讯稿。高腔曲一时被文化界称之为“活化石”。1957年，戏剧家流沙先生发表了一篇题为《从江西都昌——湖口高腔看明代的青阳腔》的文章，引起全国戏剧界的轰动。

前些年，湖口县人以“非物质文化遗产”名目，将高腔曲申请入项，很让都昌的一些人不满，以为自己的香饽饽让别人拿了去。不管高腔曲是否由都昌传入湖口，还是湖口捷足先登（得）了这一份共同的遗产，这都是无关紧要的事，要紧的是有人做了这么一份工作。自己不干，反倒眼红人家，首先就存在心理健康的问题——这是题外话。

曲家湾的高腔曲，早年有一个较为完整的班子，为首的自然是重韵大伯。我记得，重韵大伯是“打鼓佬”，掌管小鼓、木板、“的鼓”，又是主唱。“听鼓下铙”，就是一应唱念做打，都得听他的指挥。他又通晓生旦净末丑各个行当，别人忘了词，多由他来接上。他打鼓的手法多变，时而骤如暴雨，时而又缓如泉滴，高超自然娴熟。他的嗓音略带沙哑但十分高亢悠扬，咬文吐字有板有眼。他的肚子里装了几十本大戏，演唱时从无错讹。他教授的弟子，方圆十几里，数也数不清。可是，曲家湾的男丁太少，老老少少凑在一块，也不上十个演员，就连五音不全的钻子头、方蹈，有时也凑个数，打个小钹，但常常跟不上节拍，不是多打了几下，就是少打了两下。崇智是打大锣的，唱的可能是老生；文涵打大钹，唱的是旦角。崇义有时不打锣，时不时地吼上两嗓子，估计是花脸。我父亲打的小锣，偶尔尖叫几声，大概是小丑的念白。

高腔曲的演唱形式，十分独特。除角色分配外，唱腔设计上，以高亢激越为主旋律。所谓“高腔曲”，自是以音调的爬高为特色的。常见唱曲的人，高音上不去，要么梗着颈筋嘶叫要么降八度，低下来。回想起来，颇类大西北的秦腔，亦似河北梆子。它还有一个特点，就是“接吊”。所谓接吊，是主唱人员唱了几句，到了拖音部，众人一齐伸长颈来随声附和。接吊的时候，音律音阶是要完全一致的，但嗓子有粗有细、有高有低，实际就是音色不同的大合唱。每在这时，就形成了一股声音的洪流，在屋内，在人们的耳畔，春雷般流动，就差没把屋上的瓦片掀了下来。等我们崽俚长大了些，听着好玩，也在接吊的时候，胡乱地凑上去哼哼，制造了许多不谐和的音调。这常常要遭到呵斥的。

我们之所以坚持听高腔曲，其实在食品极其匮乏的年月，守候在一旁，等一曲罢了，盼望大人给我们散发一些桌子上的炒花生、炒薯片、炒蚕豆，以及糖糕（冻米糖，有糯米的，也有谷花的、粟米的，不等）来馋馋嘴。因为食欲的需要，我们强忍着瞌睡，坚持着做听众。年长日久，就产生了对高腔曲的欣赏、喜欢、好感、向往，也成了我们生活中不可缺少的一种精神调剂。

我至今不清楚高腔曲的脚本里，唱的都是些什么。只依稀记得，凡红喜会，都要唱《祝福》，摆《天官》。若是闹洞房，则在末尾加唱《送子》。大抵是不唱“苦情戏”的，例如《六月雪》、《孟姜女》之类。那要死要活的剧情，是不吉利的。中性的剧本也唱，例如《伍子胥过昭关》、《长坂坡》等。俗话说，“长坂坡，打破锣”，热闹是热闹，但难度很大。曲家湾的此类演员阵营不整，从未唱过《长坂坡》。

“文革”前夕，我们一帮人，都长成半大小伙子，村子里商议着，请重韵大伯任教，让我们每天晚上学唱高腔曲，免得这门“手艺”脱传了去。我记得我学唱的便是《送子》。记得抄了曲本，重韵大伯看了，脸上露出笑意：“咦，文魁的字写得不错。”谁知我们没学了几天，“文革”就爆发了。

重韵是一个不苟言笑的人，即使是“文革”时期，他仍然蓄着“南霸天”式发型，仍然穿一领长衫。他的脸色似乎总是阴沉的，平时谁也见不到他的好脸色。常听见外人骂他“野种”，说他是“阴司佬”。他自然也要下地干农活，但不是十分在行。戏曲师傅，原就是“先生”一类的人物。有闲的时候，总见他坐在门口的屋道里，拿两根筷子，在凳子，或者熏桶上敲打，口里念念有词。这是他的一种消遣方式，也是一种温习。然而“文革”十年一过，他就老了，就再也没有上过台。

他的一生，两头都过得很苦。几岁的时候，随人逃荒要饭，被曲家湾他的养父收留。背后，有骂他“河南佬”的，有骂他“四川佬”的。但外人没有真正确认过他到底是何方人氏。他自己也总是讳而不说，或者就真的记不清了。可以想象，一个养子，在旧时的封建宗派气氛里过日子，是怎样一个战战兢兢的心态。就是后来修谱，他一家人也还入不得曲氏宗谱；说是谱头上，载有先人的赌咒，如若允许外子入谱，则“倒绝三代”云云。就是现如今，重韵及其子孙，仍被拦在谱外。青少年时期，他拜师学艺，终以天才加勤奋，出落为高腔曲师傅，在授徒时的众星捧月中，在演唱时的唯我独尊中，他找到了人前的一份自信与高贵。但是，“文革”的暴风骤雨，在他的艺术日臻成熟并趋于完美的时候，将他的人格尊严荡涤得一干二净。他在人们心目中的位置，一下子就坍塌了。他仿佛重新回到了逃荒要饭的童年……

第四章……寻常人家

招佬姨娘

招佬姨娘是我母亲的堂姐，我们这里称这种关系为“叔伯姐妹”。她是晚嫁到曲家湾来的，在前夫处生有一女，取名黑妹，也一并带到身边。叔伯姐妹同住一村，自然要比常人亲密，招佬姨娘也因此成了我生命中的一个重要人物。她在我心目中的位置，有时候比我的父母还重要，她是第一个让我感觉不到歧视的人；因为有了她，在我的童年时代，就不至于总是阴霾笼罩，就常见了几缕阳光，幼小的心灵被注入了一些健康元素，就感觉活着也还是有意义的。这是我至今仍然十分想念她的最深切的原因。

招佬姨娘嫁到曲家湾老钻屋里后，生有一子，外号夯公，胖墩墩的，虎头虎脑，像人们筑土用的木夯那般壮实。女儿黑妹，也改姓曲了，为人聪明伶俐，做事也勤快。不知为何，招佬姨娘对我特别器重，在我看来，并不亚于对她自己一双子女的看重和溺爱。她经常上我家来，同我母亲拉家常，我也经常去她家，多半是蹭些豆子、薯片馋嘴。日子久了，她几乎就成了我的心理依赖，一日不上她家，脚板就痒。

有好几次，招佬姨娘考问我：“大佬哇，长大了做么得？”我说上学读书。又问我读完了书做么得，我就哑卦了，答不上来。那时的农村崽俚，谁还有么事钻天打洞的想头，长大了不就是娶妻生子，重复前人的一切么？

看我答不上来，她就换了一个问法："读了书，长大成人了，做了官，还记得姨娘不？"

这我知道怎么应嘴，连连点头说，记得记得。末了还许愿，赚了钱就买好多东西送给姨娘。

招佬姨娘听了就欢喜得不得了，一把抱住我，使劲地亲我的脸颊，弄得我的脸上湿漉漉的，全是她的口水。我记得为了躲避她的亲热，小脑袋扭过来扭过去，颈都酸了。她就是这么个人，总爱听别人表达对她好意的话。她还经常在我母亲处，眉飞色舞地提起我对她的许诺，尽管这只是一张空头支票，她却兴奋地说："俺这大佬真精神（这里作聪明用），将来一定当大官，戴啄啄帽得啦，穿四只荷包（口袋）的褂子啦，戴手表着牛皮靴啦……"她说起我时，使用了"俺"字。曲家湾一带，"俺"字不是单指"我"，而是"我们"的意思。她是有意把我视作了与她堂妹共同的儿子，显得特别地亲近。

母亲听了，自是满心欢喜，有别人疼爱自己的崽伢得，是打灯笼也难寻到的好事，口里却说："天晓得也侬（他）有那样咯好八字不嘞？"

"有喔。你放心，有喔有喔。"招佬姨娘倒是给我打起保票来了。

招佬姨娘同胞姐妹有好几个，因为没有兄弟，其父母心里着急，分别给女儿取名招佬、牵佬、抱佬、摇佬等。"佬"在这一带，泛指男性，有时又特指男伢得。父母喊我为"大佬"，就是我在兄弟中排行老大的缘故。“招佬”的名字，其实是小名，她还有一个大名，叫什么莲来着，村里人谁都不记得，想必她自己也忘了吧。在她的工分簿栏里，也总是写了“招佬”的。可能由于家世的原因，她对男崽俚，总是异常地疼爱。有一次，她在我家同母亲闲扯，见了我，话头一转：“大佬喂，你记得不啰，你出世的时候，是我接的生……”

母亲笑道：“你记得自己出生不嘞？”

她仍然只顾往下说：“大佬喂，你一出世，还有包好，你姆妈就细声细气地问我，‘姐得，是只么得？’我把你的两只细细脚得掰开，送到姆妈跟前说，二妹啊，你看看沙，是只崽俚，鸡巴啵啵的，像只茶壶嘴，咯咯咯……”话未说完，她就笑得喘不过气来。

等我长大了，招佬姨娘还不时地提起这些陈年旧事，惟妙惟肖地讲述一遍又一遍，每每听得我脸上发烧。

母亲对此，倒是百听不厌，她总是笑漾漾的，佯嗔道：“你是姨婆记得嫁来时，陈公八十年咯事都不忘记。”

她得意地说：“我的记性有时候好，有时候不好；该记咯事，我还是不忘记的。”

母亲嘲笑道：“那也是菩萨在庙里时，你就记得的。”

我母亲同招佬姨娘，性格上一点也不吻合，一个是“斤斤计较”，说话办事滴水不漏，一个是“大不列颠”，没心没肺，为人粗糙得连三岁伢崽都可以在她头上拉屎撒尿。但她俩却奇妙地走到了一起，而且亲密无间，一个叫姐得情真意切，一个喊妹子出自肺腑。在曲家湾，她们彼此除了对方，几乎没有第二个要好的邻舍。我现在懂得，母亲与招佬姨娘，当时都生活在村级社会的最底层，完全是同病相怜所致。在女人还从属于男人的时代，夫荣妻贵，女人的王国里原也分了三六九等的。人的性格和能力，有时候是没有任何力量来对抗社会秩序的。这样想着，对母亲和招佬姨娘，我心里就涌起了莫名的伤感。而那时的招佬姨娘，活得滋润有味，没有半点的忧患意识，好像在她的精神状态里，唯一的观念是：活着就好。她所表现的乐观通达的生活态度，没有半点做作的成分，有时就宛如一个天真幼稚的孩童。我的那所谓伤感，对她而言，也就显得多余了。

有事没事，招佬姨娘上我家，人未进门，就亮起了高门大嗓："二妹啊，在屋里不啰！"只要我母亲应了声在哟，她便风也似的卷进屋来，而且先自咯咯地大笑一阵。每次，她都要用惊奇的语气说，二妹，我告诉一件好戏得的事情你听……

母亲也总是咧嘴一笑："又有么鬼好事呀？"母亲心里清楚，她的这位堂姐所认为好戏得的事，在成年人听来，都是些一加一等于二的东西，一点也不好笑。北方语言中，好笑的事称好玩的事，在都昌东南边人叫"好戏得"，西北边人称"好耍得"。曲家湾人将好玩的事说成好戏得事。招佬姨娘的生活中，好戏得的事特别多，这似乎与她禀有的孩童目光有关。例如她一次说，某人打了个喷嚏——哈九，冷不防崩断了裤带子，眼看裤子就要掉下来了，险些被人看到腿夹里的东西（男人的东西叫“嘎公”，女人的东西叫“嘎婆”），幸好赶紧用手拎了裤腰，才冇现世给人看——“你说好戏得不嘞？”说罢，她先自大笑起来，两手捂着肚子，弯下腰去，笑得上气不接下气。

母亲见她这般模样，受到感染，也禁不住笑开了去，末了喘着粗气说：“姐得，你侬真是、真是三岁伢得……”

招佬姨娘则误以为自己的笑话讲得精彩，把个妹子笑成那样，就越发的来劲了，于是又骡到三、驴到四的讲说开去。常常一坐就是半日。我母亲倒是一边做手下的事，一边听招佬姨娘乱扯，偶尔地应应嘴，没丢了工夫。而她则是两手拢在围裙下，不是坐着就是站着，成了职业化的谈说家。有时母亲从厅里到房里，或到灶下去，她也跟着进进出出，口里仍在不厌其烦地唠叨着。经常这样的磨磨蹭蹭，她往往就忘了做饭的时间。等她的丈夫老钻在田畈地里收工回家，屋里还是冷锅冷灶，气得他扯起喉咙来喊：“人死哪里去得？时辰都不晓得？落得魂魄不是？收脚板去得不是？……”

总是这时刻，招佬姨娘才吓了一跳，口里说：“天呐，又是一上昼。”“天呐，又是一下昼。”口里说我走我走，脚却不曾挪动，还要意犹未尽地补上几句什么。待到老钻第二遍叫喊声起，这才恋恋不舍地动身去了。

招佬姨娘有在景德镇待过的经历，她曾多次亲口对我说过。但她没有说她去景德镇的原因，是曾经嫁了去呢，还是逃婚躲去了那里，还是跟别人上镇游玩了一次，她都没有说。对她而言，为何上镇的原因并不重要，重要的是有过那样一段生活，长了见识，人生的色彩便要斑斓许多。

曲家湾的许多女人，在那种年月，不少人连几里之外的岔港小镇都冇去过。二和尚的姆妈，我叫伯母，自从嫁到曲家湾，一次也没有外出过。娘家无人，那一脚路也省了去。我母亲倒是去过一趟县城。母亲的同胞妹妹叫细妹，也就是我的亲姨娘，她的丈夫、我的姨爹在县财政局做会计，她就随夫居住县城，并学着踩缝纫机做裁缝的手艺。有一次她搭口讯下乡，说她得病了，叫二妹姐来服侍几日。母亲去了，她的病却好了。其实只是感冒发烧，没有大碍。她嫌姐姐来得晚了，非常生气："到现今来做么事？等你来周待，我侬早病死了！"当即就把姐姐赶了回来。母亲后来告诉我和姐姐，说她其实想在县里住一夜，一是当天来回八十多里路，脚都走酸了，二来也到街上看看，没钱买东西也饱个眼福，再就是想吃油条馒头，也顺便带些回家给子女尝尝。但是母亲茶都没有喝一口，立马被赶下乡来了。母亲从此讨厌走亲戚，她总是对我们说：娘有爷有，不如自己有；老公有老婆有，还是隔双手。又说，为人在世，"愿给人家嫌，莫让人家怜"。而招佬姨娘，从不看别人的眉高眼低，嘻嘻哈哈的，特别喜欢外面的花花世界，一心渴望过上有吃有穿的好日子。

一直以来，景德镇被说成是"都昌码头"；在街上，碰破头都是都昌人。无怪乎，清代有人写诗吟道："十里长街半窑户，迎来随路唤都昌。”我父亲早年，也在景德镇一家坯行里做过，由于嬷嬷坚持要他回来，就半途而废了。招佬姨娘随熟人上镇，原就是一件轻而易举的事情。

有好几次，招佬姨娘悄悄地告诉我，她在景德镇时，有一位“连长”喜欢上了她。那连长说她长得排场，人又聪明可爱。我在当时，糊里糊涂地听着，又糊里糊涂地应着，完全不明白她想要表达的是什么。长大以后，根据我对她的了解，那所谓的连长，一定不是她曾经的丈夫，也未必就是她的相好。按时间推算,那连长应该属于“国军”。若是兵痞子在她面前谎称连长，我想她也是识别不来的。

女人不同于男人，一般不会对外张扬自己的风流韵事的。不像有些男人，无聊的时候，将自己的那些风流快活甚至龌龊之事，当作炫耀自己的资本。男女之间在被子里头的事，做得说不得。招佬姨娘并没有表达自己跟那位所谓连长有过什么，她只是为了显摆自己独特的经历，和曾经的年轻漂亮而已。但就是这样的话题，也是不好跟别的男人女人去说的，它应当是她心中最为隐秘的东西。是故她在忍不住要诉说的时候，把我这个少不更事的崽俚当成了在她看来忠实可靠的听众（人在有时候真的需要倾诉，只是常常找不到倾诉的对象）。我猜想，招佬姨娘也一定把她那些事，说给了我的母亲听，母亲也一定告诫过她，这些事情千万莫在外头乱说。

在景德镇码头上混过，又是那样一种性格，对生活中发生的任何事情都感兴趣，而且饥不择食地学习效仿，招佬姨娘在生活细节上，就有了与乡下其他女人的一些不同，懂得的法门也多。首先在打扮上，就要比别人在行些。女人不剃发，头发倒是可梳可剪，而日子久了，脸颊上的汗毛就蓬勃地长起来了，于是必须找人“扯面”，同时也要用小钳子修理一下眉毛。招佬姨娘的扯面工夫，在村里坐得上头把交椅。她在做这事时，娴熟而精细，让人感到舒适而惬意。只见她用麻丝线绷成交叉的形式，两只手的指头灵巧地运动着，剪刀一般绞去脸面上的一应汗毛。绞之前在对方的脸上，扑一层厚厚的膏凉粉，白乎乎的，活像日本仕女的脸相。绞动的时候，膏凉粉随着汗毛纷纷扬扬地落下，下雪一般。作为扯面的高手，招佬姨娘家就经常有女人求上门来。做这样的“义工”，她总是乐此不疲，并由此而感到了被求的快乐，精神上获得了极大的满足。

扯过面的女人，脸上粉白的，眉毛弯弯的，再将头发修剪得齐整，且抹上些许菜油（村里人大多没钱买生发油之类的奢侈品。细妹姨娘家倒是有的，是一只扁扁的小玻璃瓶子，瓶的外表排列着水泡似的纹饰，里面的油料是无色透明的东西），整理出一副油头粉面来。

招佬姨娘勤于自我修饰，因此常见了她那一丝不乱的黑发，粉嘟嘟的白脸，细长弯曲的眉毛。身上的衣裳虽打了补丁，但拾掇得十分干净利索。出门油光水滑的，显出了与众不同。特别是她的发型，在村里是独一无二的，有人讥之为“飞机头”。

她既不同于老女人，在脑后梳起鬏粑，用黑色的丝网袋罩着，也不同于中年妇女，留出齐耳短发，当然也不会像女崽俚那样梳辫子的。她的头发蓄得略长些，脑门处用发夹夹出波浪，脑后则用弯弯的银梳子倒扣出上翘的喜鹊尾巴——我想这都可能是在景德镇学来的，多少有些上世纪三十年代都市女性的风情。

招佬姨娘还会许多别的法门。在乡下，人们遇上小病小灾从不求医，例如打吸管筒（北方称“拔火罐”）、捏痧等，都是自己动手。而掐癍、挑羊毛症、拍阴箭、挑痟积、治龙船疮等诸多手段，在曲家湾唯她擅长。有一次我亲眼看见招佬姨娘给别人整治龙船疮，那操作方法，诡秘而又简单。

所谓龙船疮，就是人身上长出的鳞状的皮癣之类。据说生了这种病，奇痒无比，吃药打针都不管用。其实，那时候，村里人得了病，能有几人舍得花钱请郎中看的？大队里虽然设有医务室，也多半只治治头痛脑热的病。后来搞所谓“赤脚医生”，也只能对付个感冒发烧、拉肚子的病情。倒是一些偏方，对症下药了，还是十分管用。和合公社的一熊姓老人，不管么事肿毒，他都只用一张膏药就贴好了的。招佬姨娘治龙船疮，是否有效，我没有找人验证过。只见她用一根毛笔蘸了墨水，在病人的患处依样圈画起来，之后又照样画葫芦，移画到墙上或板壁上。她家的大门下端，就画了不少各种不同形状的此类图案。移画到别处，通常要比患处大些，框框里头，又横着画了许多杠杠，像海魂衫上的纹路。她在操作的时候，双目微闭，口中念念有词，只闻其声，却听不清在念些什么。这应该属于念经之类，或者是所谓的咒语。看上去怪怪的，像巫婆做法事，神秘兮兮的样子。

村里人对招佬姨娘，有事求她时，便拣了好话去说，一转身，就怪话连篇，多半要用耻笑的态度谈论她。说她做事，没个正形，要么“不上传”（书上不载的意思），要么“没实效”。在曲家湾，大人骂小孩，或对骂，若是骂了“没有实效的东西”，不仅仅是训斥，多少就含有了恶意。这句话用文字标出来，显得十分平和，倘是加强语气，咬牙切齿地骂出声音来，却是极大的轻蔑，甚至含了侮辱的意思。讲究实际效果，是本土文化的要害之处。我想这应当是“经世致用”格言的世俗化处理结果。招佬姨娘所懂得的东西，和会做的事情，多半与“实效”挂不上钩，就连居家过日子，她也不是很在行，甚至丢三落四。又比如她会唱很多民间小曲，这些都与“国计民生”不相干的，倒是让我学会了不少。

至今回忆起来，那些曲目有《十月子嫖》、《五更调》、《闺中怨》、《乡巴佬上镇》、《十八摸》之类。另外还有《十送》、《十劝》、《十戒》等，这些还算听得入耳。记得《十劝》是这样的：“一劝情郎回家转，莫把小妹记在心，若是得了相思病，小妹一世难为人；二劝情郎记心里，回到家里莫骂妻，结发夫妻丑也好，双线补衣破也牢；三劝情郎劝到底，栽花宜早不宜迟，荞麦老来遭霜打，老来得子受人欺；四劝情郎眼要高，世上只有读书好，十年寒窗无人问，哪个不想占鳌头……六劝情郎莫打牌，赌博场上切莫来，上场都是好朋友，下场总是杀人刀……”招佬姨娘唱给我听时，是压低了嗓门哼哼的。这显然是歌颂婚外恋情的东西，婚姻与爱情在这里做了严格的划分。它一定是晚清或民国时期的产物，极有可能来源于景德镇的市民阶层。

老钻

招佬姨娘的丈夫老钻，其实有一个相当雅致的名字，叫“曲文韬”。然而曲家湾人不叫他文韬，当面喊他“老钻”，背后骂他“钻子头”。原因自然是他为人“小气”，看得东西重，视一粥一饭、一针一线若性命。你要开口向他借些么事，那十有八九是碰鼻子，“打塌屁”的。所谓打塌屁，是形容你开了口，像放了瘪屁一样，连响声都没有。更主要的，还是他对自己手里的东西珍爱程度，为世所罕见；在别人看来，他的如此每一种表现，都是一个笑话。人们形容别人吝啬，便都拿了老钻来打比方。

在曲家湾，“文”字是姓中的排行。老钻的堂弟，就叫“文涵”，名字取得也很有学问。我也是“文”字派，叫做“文魁”，读小学时，同学们都喊我“文鬼”。若以招佬姨娘论，我应喊老钻为姨爹。但在宗法制的乡村，人分亲疏，内外有别；俗话说“亲只三代，族有万年”，亲戚关系自然要让位于宗族的，是故我只能喊“老钻哥”。

老钻哥为人处世，精神上完全处于一种自我封闭状态，与招佬姨娘相比，是极其不同的两种性格类型。照北方人的话说，他俩尿不到一个壶里去。但就是如此结合，相辅相成，竟也过将下去了。招佬姨娘其实是个心性很高的女人，若非命中碰不到自己心向的男人，又若非自己是个“二夫嫂”，凭了爹娘做主，她是决计不会屈就老钻的。关于婚姻，乡人也创造了许多的经世箴言，用来开导“当局者迷”，例如“好夫好妻命里招”，“嫁鸡随鸡，嫁狗随狗”，“做坏了田地只一年，讨差了老婆是一世”，“满床的儿女，不如半路的夫妻”，“天下的日头处处晒人”，“不看僧面看佛面，不看禾面看谷面”等等。这些对人生的洞透和对世俗的参悟，是乡间少数高人依据当时文化的限定，所进行的一种语言创造。老钻夫妇是否因了乡土哲人的这类谆谆告诫而两相厮守，不得而知。然而这种奇特的组合，也曾做下了震荡曲家湾的一桩大事，令村人大惑不解而瞠目结舌——这是后话。

话说老钻个头不高，身手也不矫健，一年四季剃个青皮和尚头。村庄上，就他和文涵，一直蓄着光脑壳。曲崇智年轻时也是光头，后来当了农会干部，才留起了长发，梳成了大背头。老钻给人的总体印象，就是一位矮个子的光头男人而已。他家的底子原也不薄，土改时划作了中农，后来田地归了集体，由不得各人自己经营，是好是坏，只有天晓得；或饱或饿，全村都一样。老钻原是兄弟两个，但他哥哥文轩不到三十岁就病死了，嫂子秋荷成了遗孀，一直未曾改嫁，守着另半边屋子度日。在人丁上，他族下这一支派，显得势单力薄。在传统意义上的乡村，"人多为王，狗多结帮"，"打虎必须亲兄弟，上阵也要父子兵"，男丁少的人家，摆明了要吃亏的。这可能是老钻始终夹着尾巴做人的基本理由。

思来想去，还是"人的因素第一"。村庄上独根独苗的，有好几户人家，如崇智、文涵、水生等，都是兄弟一人，却活得游刃有余，村里人见了，莫不恭敬三分。老钻还是有自身的弱点的。由于自我封闭，疏于交流，他连最基本的语言训练亦未完成。例如客套话，"里一阵忙么得？""栏里的猪么样"之类，他也说不利索。若是别人同他搭讪，再简单明了的几句话，到了他的嘴里，就变得含混不清，不知所云。他一开口，就是一连串状如驱鸡赶猪的声音："嘛，嘛，嘛，嘛……"之后喉咙里像卡住了什么，叽里咕噜，叫人无论如何也听不明白。彼此寒暄的话，应酬一下也就完了，与之交谈的人犯不着花时间去认真倾听他到底要说么事，常常没等他说完，就抽身走了。而老钻呢，别人已经走远了去，他还是坚持要把未曾说清楚的话说出来，支支吾吾的，于是就成了他的一种独特的自言自语方式。每逢这时，有人见状打趣道："老钻叔公，跟么人说话呀？"他醒过神来，便要不好意思地把刚才同某人说过的话复述一遍，这自然是又要老长时间的。那打趣的人自然也没有耐心听下去，转身走了。结果仍然留下老钻一个人，让他继续着自言自语。

久而久之，老钻成了村里唯一一个同自己说话的人。

老钻还有一个毛病，就是做事仔细到特别缓慢的程度。在人民公社化那阵，春耕夏种秋收，特别是麻鞭水响的时候，“农忙”或者“双抢”的季节，大家都是夜以继日地抢工夫。便如早稻“不栽‘五一’禾”，晚稻“不栽‘八一’禾”，抢时间如同打仗。可老钻总是不急不躁，一如既往地按自己的节奏行事。打比方说，用耙锄搭田塍路坝，别人在田沟掏起一耙泥巴，搭在田塍内侧（作为护坝），“啪”的几声，三下五除二，不要很长的时间，就搭完了一条田塍。而他呢，至少要慢到三分之一。虽然他耙下的作品要比别人的做得精致、美观、好看，十分的匀称，又油光水滑的，那斜面也同石匠用“御笔”（工具刀）收了浆一般，但浪费了工时，让别人大为不满。又比如耖田耙地，他做得也比别人精细。即使是犁田犁地，他的犁头底下，像刀削的一般光滑平整，翻转的泥块一行行的，排列得整齐有序。然而人们普遍认为，集体作田，用不着那么一丝不苟的。“精耕细作”其实只是干部们的口号而已。招佬姨娘也同样嫌丈夫做事手脚慢，总嘲笑他是在“摸蛆卵”。

各种因素凑在一起，在曲家湾，老钻是绝无仅有的地位低下，严重影响了他的工分收入。村子里，凡成年男子日工底分都是十分，唯他只有九分。明面上的理由当然是他做事过慢。这样，一年下来，老钻要比别的男人少进工分三百多个，等于有一个多月的时间是白干了。按曲家湾当时日值八角钱计算，一年要损失近三十块钱，这在以角、分、厘来计算的年月，不能说不是一笔可观的进项。这不但让老钻感到心痛,而且觉得极不公平。他想说，崇仁崇义兄弟，崇仁是胎生的高度近视，做事慢，还有许多农活做不得的；由于眼神不济，若是锄草耕禾之事，势必会将苗芥锄了去。还有崇义，人长得肥胖，走路都困难，而他们却得了十分工一日。队里每年年终评一次工分底分，老钻总想据理力争，拿崇仁他们做比较，来表达自己心中的不平，要求一视同仁；可他每每发言时，嘸嘸嘸的半天，说不出个子丑寅卯来,常常是他的观点还有亮出来,队里就散了会。这心结,一直到 1978 年以后方才疏解。但那时他已老了。

由于招佬姨娘的偏爱，我经常在她家里来来去去，老钻生活细节的表现种种，见的也就多了。

首先在吃相上，老钻与旁人相比，就有许多的不同之处。如今想来，他把人类用汗水换来的东西，都统统视为圣物，看得比生命都重要，决不敢有半点的怠慢与亵渎。吃饭喝粥时，他从未有过大吃大嚼的馋样，只要面对食物，他都要表现得异常谦恭与虔诚（吃饭如数珍珠，喝粥如饮琼浆）。每从灶下端出一碗吃的东西来，他都要举过头顶，一步一步走到厅里，或者门口；到了应该停住脚步的地方，必得仰起头颅，伸出舌头，去舔他认为有可能泼出碗沿的食物。小心翼翼坐下来后，他多要扭扭屁股，试试椅子或凳子是否结实（门坎石墩除外），然后叉开双腿（绝不敢跷二郎腿，那样很不稳当），伸直了腰杆，左手端碗，右手动筷子，拉开架势之后，这才开始了“盘中餐”

的细细品味。

俗话说，“男人吃饭如虎，女人吃饭如数”，表达出男女在饮食方面完全不同的两种风格。但是老钻吃饭，显得女子气十足，总是细嚼慢咽，好像一碗饭里有上百种滋味需要逐一品尝那样。每饭吃毕，他都有两个习惯性动作必须完成。面对空碗，自然是意犹未尽，他先是用舌头去舔碗的内侧，不仅要把剩余的饭粒菜屑卷入口中，还要把粘在碗筷上的汤汁吸取干净（这些都是筷子的功能难以办到的事）。其次是放下了碗筷，还要用舌头打扫一下嘴唇口角——在他看来，那些地方也极有可能残留食物，至少粘有汤汁之类东西。

对东西的百般珍视，还表现在对待与之发生亲密关系的其他物件上。例如，老钻家的锄头、铁耙、锹、柴刀、斧头等家伙，总是锃光瓦亮，白花花的银子一般。别人收工回屋，将手头的工具往门口或门角一丢了事。老钻呢，不管春夏秋冬，哪怕是三伏天三九天，每次从塝上垅里归来，都要蹲在门口塘沿上，将应手农具洗个干净。凡铁器家伙，先用颗粒粗糙的红石磨去表层脏物或锈迹，之后以淡青色的粉石，在口面上轻轻摩挲，直到通体放光为止。之后又用禾秆、干草或其他软织物，将水渍擦干，包括木制部分。一切完毕，这才舒心满意地回家吃饭。即使是犁田耙地赶牛用的麻鞭，他也要洗得半点泥星子都没有。他走路时，双脚总是高抬轻放，一副蹑手蹑脚模样，生怕有东西硌了鞋子。至于棕织蓑衣、竹编斗笠等，他经管的物事，寿命都要比别人的长，长了不止一年两年。

令我印象最为深刻的，是老钻抽黄烟的模式，同样绝无仅有。它之所以引起我的特别注意，是我们年幼时就上生产队里混工分，无奈之中学会了抽黄烟的缘故。老钻的那一套抽烟风格也就没齿难忘。

至今，我仍然回想不起自己在童年时期，有过么事欢乐。儿时，我们幼稚得可以，但却天真活泼不起来。八九岁时，也就是人民公社成立以后，上学了也还是如同私塾，老师的严厉无异于牢头狱卒。放学回家的书包还冇放下，就要替姐姐放牛。星期六、星期天，暑假寒假，无一日不像赶鸭上架一样，被赶到队里去做事。大人一整天十分工，我们则从两分半一日做起，到初中毕业，长成半大小伙子了，才升至每日七分工。

第一次出工，我记得是去畈垴上的麦地里扯燕麦（或称膺麦？），就是状如麦子的野麦。麦子分大麦小麦两种，燕麦同大麦酷似，麦芒比小麦多而且长。人类经营的植物中，每一正宗产品，无不伴生野种（其实家禽家畜之外，也有同类野物事），这很有中国主流文化上的儒道互斥互补的意味。儒家是排斥道文化的，如“子不语怪力乱神”之类，而道家在精神上，又总是抢占儒家的地盘——这些都似乎形成了一种中国式文化生态。稻田里的稗草，抽穗之前，长得也极像禾苗。它们之间的区别很小，但野生的东西最大的特点，是长得比家生的茂盛，油绿油绿的，生命力极强。例如稗草，扯起来丢到田塍上，日晒雨淋的，它还活着。

再后来，我们崽俚要做的农活，层出不穷。例如扯秧、栽田、割禾、扯粟秧、扯棉花秧、耘禾、撮农药粉、捡棉花、割麦子、收大豆、打草皮、帮车水……一年四季都有事做。不去不行，不去就要饿饭挨打，谁家的孩子都一样。

生产队里做事，一日有十多个钟头，又是“大锅饭”，几乎没有不偷懒的。崽俚做事贪玩，有大人盯着，动辄训斥。而大人们往往得到正当理由袒护自己。例如家里条件好的，半早晨便有家人送一碗炒米粉或油炒饭来，就有理由上岸，蹲在地上吃它半个钟头。有些男人扛着耙锄在田塍上游走，谓之“看水”，那是十分地轻松。特别是男人们抽烟，一日三次，显得堂而皇之。抽黄烟不同吸纸烟爽脱，有许多的程序动作，不停工不行。他们做得累了，就有人开口说：“哎，吃筒烟不啰？”这自然立刻得到响应。于是一个个走上田塍地角，找一处树荫，从腰上解下烟棍来，从口袋里摸出烟盒、火石火镰纸蘼，或者火柴和麻秆之类的东西，边闲扯边云山雾海地抽将起来。这让我们这些没有理由歇息的人十分眼红。

既然抽烟可以名正言顺地上岸坐坐，我们几个崽俚就商量开了，说俺侬也来学吃烟罢。说干就干，我和瓠子、季孙、二和尚、牛崽几个，于某日傍晚，钻进塘岸下的柴丛里，用柴刀挖来自己心仪的小毛竹蔸，回家用剪刀钻子开了烟棍眼，又用烧红了的铁丝捅穿了竹节，不用费劲就各自做成了一根烟棍。品相虽然差些，适用就行。据大人说，黄烟棍的上品，是九寸十三节，若是请铜匠锡匠包装一下烟棍头烟棍嘴（烟棍嘴最好用上翡翠材料），就成了宝物。其实最好的莫过于铜制水烟筒，抽起来嘟嘟地响，十分凉爽，也不呛人，那东西只崇仁和章经老师两家有。

次日，大人们照例歇工抽烟时，我们几个也跟在后面，亮出自己抽烟的家伙，挨着身子滋滋的抽起来。有大人恼了，禁不住骂道：“你班东西，人还冇长到脚梓高就吃烟，怕不熏成个矮子鬼！”令他们无奈的是，几乎各家都有崽俚学抽烟，抽烟能歇上一阵，都是睁一只眼，闭一只眼，不去管束自己的儿子，只是随口骂几句，并不当真，相反倒成了一种怂恿。是故，十三四岁那年，我就同抽烟结下了不解之缘。

关于抽烟，老钻哥有一个著名论断：“烟只三口味，再吃是呆痴。”每一次，他就只抽三筒烟，多一口也不干。

对于烟棍，老钻是个务实派，从不看重它的所谓品相。他的那根家伙，没有镶包，只略略的比别人的粗些；烟棍头要扁平了许多，是因为经常敲打的缘故。他对于它的唯一要求，就是畅通无阻。不时看到，他总在心无旁骛地捅烟棍。有时蹲在塘沿，用折来的柳条或藜蓬枝，捋去叶蒂，反复地捅着，又在水里浸浸，拿起来用嘴巴去吹，发出咕咕的响声。实在不行了，回到屋里灶下，将一根铁丝烧红，然后“哧”的一声插进烟筒，立刻就冒出一股浓烟和难闻的烟屎焦臭味。这是捅烟棍的一记杀手锏。

烟棍畅通与否，直接关系到烟雾的吸取量。如果烟棍阻塞或半阻塞，口腔吸力不能顺畅通达，就会造成烟雾的散失。与此同时，还得用明火而非暗火，怕的是不能使烟丝短瞬间燃尽而造成浪费。

给自己限定了一次只能吸三筒烟，就必须确保吸烟过程中，一丝一缕的烟雾也不能流失。一般人吸烟，无非是过过瘾、掩掩手而已。而老钻这种时候，神态是极其庄重的，注意力高度集中，程序有条不紊，规划相当严谨。每次吃烟拿出烟棍，他的第一道程序是先敲一敲，吹一吹，检验一下通气状况。第二是小心翼翼地打开烟盒，耐心细致地将烟丝撮成烟棍眼一般大小的团团，不能太紧，也不可太松，松紧适度，然后放进去，用大拇指反复地轻轻按摩，至完全吻合为止。第三是用打火石与火镰相撞，碰出火星，三两下点燃纸蘼（用草纸卷成笔杆大小的纸筒，一吹就冒明火），之后迅速地点烟。吸烟是最后一道工序，也就是最为关键的第四道。这时，点烟、吸烟、挥灭纸蘼几个动作要同时进行，一气呵成。只见老钻吸烟的时候，眼珠子死盯着烟棍眼，两腮一鼓一瘪，并不换气，贪婪地把烟雾悉数吸进口腔，直到烟丝全部燃尽为止。别人吸烟，吸一口换一下气，流失的烟雾四处缭绕。他则是将烟雾统统闷在口里，一点一点地下咽，又一缕一缕的从鼻孔里冒出来。那种时刻，他的双目紧闭，双唇紧抿，鼻翅轻翕，喉结上下滚动，一副欲醉欲仙的模样。如是者三，就如一位宗教信徒极其虔诚地坐关入定一般。由于他在吸烟过程中力求完美，不到烟丝变为灰烬决不罢口，加之烟棍又像吹火筒一般十分畅通，就总难免将烟灰一并吸进口里。因而常见了他呸呸地往外吐着嘴里的脏物，连带那嘹亮的咳嗽的声音——那滋味显然极不好受。甘蔗没有两头甜，为了节俭，是需要付出别的代价的。

老钻不光是惜烟如命，他种烟、侍烟、制烟、存烟方面，也是一把好手。他的烟丝成品拿出来，金灿灿、滑腻腻、软绵绵的，曲家湾任何人的烟品均无可与之匹敌。

乡间流行一种说法："烟是义草，吃完了就讨。"意思是，我没有烟了，吃你的是应该的，你这点义气不能不讲。我经常见到，这个人的烟盒空了，就堂皇地伸手到另一个人的烟盒里去撮；讨的人理直气壮，被讨的人无可奈何。自然，有的人是真的一时半会儿没有烟了，有些人则是专以吃别人的东西为乐事。就是现如今，也还有人"有钱不买，身上不带，见烟就吃，无烟就戒"。烟痞子碰得多了，老钻就有了戒备心理，每逢歇工抽烟时，他就独自躲得远远的，一个人享用那"三筒烟"。这样还是不行，还是有人涎着脸前来讨要，他就只好每次带一点点，够自己吃的分量。这样别人就占不到便宜了，背后就要大骂"钻子头"了。

我虽然喜欢上吸烟，但家里不是短缺，就是没有好烟。父亲只到三十几岁后学会吃烟，估摸是在集体化以后才做的决定。水生到老都不嗜烟，但那时也备有烟棍烟盒。不用说，都是生着法儿找机会歇工而已。父亲极少种烟，种了也出不了好烟，多半是在岔港镇摊贩处买些来，烟草自是劣等的，烟丝又黑又粗，抽起来一股苦味。接济不上时，父亲便讨来几斤烟叶，洒些菜油，卷起来压到搓衣板下，自己用菜刀一点一点地切割，其烟丝粗糙得捏不成烟丸，半天点火不着，吸来一股生烟味，辛辣呛鼻。父亲吸烟，完全迫于无奈，是地道的外行。因此，我才开始向招佬姨娘索要老钻哥的烟了。

老钻的烟叶上架制成烟丝，留足自己全年的“口粮”之后，其余便换了现钱。他将留下来的烟丝，四两一包，用草纸包好，然后一包一包叠放在一只低挽土箕里，又将土箕高高吊起，置于灶门口的上空，靠柴火的烟熏雾缭，保持一年四季的干燥。每次只要我开口，招佬姨娘就会爽快地答应，迅速地搬来半高凳子，爬上去，伸手拿下一包拆开来，叫我任意抓取。我不敢，她就毫不犹豫地抓一大把，塞到我的手里，差不多有半两重，可以装满三四个扁平的铁皮烟盒子。我不记得，那时节的一年之中，我要贪墨老钻多少黄烟。至少暑寒假里所要吃的烟，均来自如此“黑道”。

我后来想，爱烟如命、心细如发的老钻哥，是不可能不会发现自己的黄烟失窃的迹象的，他也应该知道扒窃他心爱之物的一定是招佬这个“家贼”，同时发生在夫妻之间的追查过程中，是会招供出我这个“蛀虫”的——然而，老钻却从未因此而当面责难过我，连么事不好的脸色也冇做过。于是在有时候，我不免生出一丝半点的羞愧的感觉，连带着还有些隐隐的心痛老钻。

荷得老倌

荷得就是秋荷的别名，是小时候父母的昵称一直沿用过来的。“老倌”一词，这里不独指老了的男人，老女人也同样分享着这份“荣誉”。

我记事时，荷得就有差不多六十岁了。她的两只脚掌，是标准的三寸金莲。走起路来，自是婀娜多姿的了。我母亲同招佬姨娘她们，年纪不相上下，小时也缠过脚，后来在二十岁左右遇到全国解放，就放了脚，成为封建审美的一个半拉子工程。就是说，她们这类女人的脚，比荷得她们的大，比不再缠脚的女人的小；脚指头虽然并得很拢，但不至如三寸金莲那样，只是一块肉坨坨。

荷得嫁到曲家湾文轩脚下时，年轻漂亮又聪明伶俐。那显然是明媒正娶过来的。文轩文韬兄弟得祖宗荫庇，家产颇丰，娶老婆自然要讲究些。无非老钻文韬过于老实，错过了青春年少，才于中年娶了招佬。那时候的联姻，自是要门当户对的。荷得的娘家，先前也是殷实人家，据说开过油榨坊。她的娘屋里距曲家湾不远，过了野溪垅的新屋于家，上屋于家，几里路就到了，是我村去岔港镇的必经之路。不知从何时起，荷得的娘屋里就衰败下去了。解放以后，她家就先后发过几场大火，烧了一遍又一遍，家里水洗了一般，连住的地方都没有。更为可叹的是，荷得的哥兄老弟，生下的几个儿子，残疾居多，不是聋哑了去，就是小儿麻痹后遗症。老辈人说，人生在世，富也只三代，穷也只三代——风水轮流转。我不知道，荷得的娘屋里，是否按了冥冥之中的这个逻辑走下来的。

印象最深的，是荷得的一位哑巴侄子。她的这位侄子，智商一直停留在三五岁左右的孩提时代，放了一辈子的牛。他不但又聋又哑，且前颈处长有一只硕大的肉瘤，人称“元宝颈”。衣裳自然是褴褛的，吃的东西也一定填不饱肚子。过时过节，在团近的村子里，总能见到他的身影，那多半是讨要一些米糕麦粑之类来充饥的。别人办喜事置宴席，他也闻讯赶去（定是有人指点），人家就会盛一碗饭，夹几块肉，让他在一边站着吃；他就毫不客气地狼吞虎咽起来，直吃得满脸涨红，肉瘤抖动，光秃秃的头上冒着热气；噎住了时，就剧烈地咳嗽，并旁若无人地吐出口中秽物。“元宝颈”在人前，显得憨态可掬，你只要示好于他，他会咧开大嘴傻笑，还伸出一只大拇指赞美你。他要饭时，并不备碗，只带一根棍子，或竹竿或树枝，为的防身用。他的父母都是很要脸面的人，决计不准这个儿子在扮相上是一个真正的乞丐。荷得每见这个侄子到来，脸上也很挂不住，总是气呼呼地在表情上做出颜色，给他饭吃时，口里要骂“天责咯东西”，“丢人现眼咯宝贝！”

每见“元宝颈”到了村里，我们崽俚就会上前围观，或者尾随着走。胆大些的、无聊一些的崽俚，总爱撩拨他，扯一下他的衣衫，抢夺他手里的棍子，甚至拿小石子栽到他的脚下。

这时，他会气得嗷嗷地叫，挥动着手里的棍子，作追打状。其实他从未真正打过人，棍子落到你的身上，也是高高举起，轻轻落下的。行人手里的棍子，本是用来打狗的；狗见了生人，或者衣冠不整、衣衫破烂的人，总会狂吠追咬。想不到他的棍子，多要用作与人抗争的武器。荷得有时见状，又气又恨，大骂我们这班崽俚，“你一帮人也一样咯聋天哑地不是！”

我对于“元宝颈”，首先是畏怕他的长相，其次是有些怜惜他的处境。每次别人欺负他，我总是站得远远的，默默地注视着一切。有一次他用棍子把众人赶散了，见了愣愣的我，禁不住咧开大嘴嘿嘿一笑，还冲我亮出了大拇指。他虽然傻乎乎的，却知道好歹。

按照荷得的聪慧过人和她为人处世的精明，她应该过上与众不同的好日子。可是，按她自己的话说，“命不争气”，偏在三十岁左右做了寡妇。她的丈夫文轩，小名“天佑”。但是天不佑人，他早早地得病，早早地走了。荷得每每提起丈夫，总是口称“短命鬼”。后来她的女儿也死了，儿子又死了。这一连串的打击，她当时是一定痛不欲生的。但是她挺住了。人在极度艰难的情况下挺了过来，心理就会变得坚硬（或者叫“坚强”亦可，叫“变态”也行），一定会由此衍生出属于自己的那一套面世方法。人活着的首要，就是如何活着。奇怪的是，荷得自从死了丈夫，死了儿女，没有选择嫁人再婚，而是孤独地守候着自己，做了大半辈子的寡妇，活到了九十多岁。

不顺心的时候，我也听到过荷得的仰天长啸："我是前世作得孽，八字命不好啊！"她也哭过，哭起来虽非惊天动地，但曲家湾人都听得到。她的声音尖锐洪亮，穿透力特别强。有时，她从坟山峦哭过来，一把鼻涕一把眼泪的；那显然是受了委屈，在老公、儿女的坟前哭诉了好一阵，回到村里，仍没有止住了哭声。有时，她在屋里突然哭声大作，想是因了么事触发的。乡下女人的哭泣，都要数根数蒂的，要一二三四的把自己因何要哭的原因，或明或暗地诉说出来。只要听到某女人在哭，稍加琢磨，就晓得她是跟谁怄了气。这时，平素相处得好些的女人，就要上前劝劝了。凡是有点地位的女人，哭不了几句，就会有人上前做劝客。我记得我的母亲，总是在半夜的被子里哭泣，抽抽搭搭的，压抑着声音，生怕别人听见。哭在乡村，被很多女人当成了表演艺术。荷得一开哭，就有许多人前来规劝，包括一些男人在内。

我在儿时，也听到过别的大人，对荷得表示了不满的声音，说她年轻守寡期间，跟村里某某有钱有势的男人相好，她耳朵上的那副金耳环，就是那男人送的。寡妇门前是非多。凡是背后的议论，说不出大门的话，只能算是捕风捉影。但是，她能够在曲家湾呼风唤雨，却是不争的事实。第一，村里无论大小男女（崇智父子除外），她都可以当面呵斥，而且很少有人犟嘴，地位低下的人还得唯唯诺诺。第二，逢年过节，全村几乎每家每户都要端送节日食品给她，就是生了儿子"洗三"、"戏周"（"洗三”是新生儿出生后三日头上用艾水洗澡，“戏周”是做周岁生日，二者都要举行很重要的仪式，至少要做粑庆祝），也都端一碗粑送上门请她赏吃。若是杀了猪，孝敬一些的要斫斤把猪肉送去，差一些的也要端送一碗猪肝煮面去。这看上去好像是村风形成的尊老爱幼，其实不然，村东的寡嘴叔公鳏夫一个，就享受不到如此待遇。这也算得事在人为之一例。

我母亲原也同别人一样，也端一些东西给荷得，母亲曾自嘲道：“里是狗屙屎，肥长草。”但是她后来就破例不送了，好像是赌了气在肚里。

荷得的身体一直很好，七十多岁时，仍然可以一餐吃三个半斤：半斤米、半斤肉、半斤酒。

荷得老倌确实有许多过人之处。

小时候，经常看见荷得挑一担粪桶，装了沤水或者水粪，拄一根棍子，颠着小脚，踏上通往门前畈垴的塘坝，在柳条的拂抚下穿行，给她的那一小块自留地施肥灌溉。那时她已有六十岁上下的年纪，挑着担子脸不变色气不粗喘。我记得她告诉过我，丈夫死后，余下的两三斗（亩）田地，全由她来耕作。犁田耙地，收收割割，没求过人。她说耕作水田时，用长布条包裹她的那双小脚，以防碎石破瓦伤脚。总之像男人一样用牛，像男人一样挑担车水。这可能是她誓不改嫁、活给别人看的一个重要理由。

曲家湾只一二十户人家，人不上百。由于人口少，虽暗里分了亲疏，但在明面上，凡遇大事，都会走拢帮把手。与大一些的村庄相比（大村庄往往宗派繁多，窝里斗的事情屡屡发生），要团结一些，用乡下人的话说，就是“讲义道”。所谓大事，也无非就是婚丧嫁娶，三病四痛之类。在村里，主角自然是当过副社长的崇智、当着队长的文涵他们来唱，我父亲及其他人只是跑跑龙套。而女流之辈的荷得老倌，在这些活动中，也常常扮演了重要角色。重大事件她插不上手，但拾遗补缺的事，她做得头头是道。这些都体现在她有些霸气的、爱管闲事的行为方式之中。她性子直爽，出言犀利。因有一贯被人尊重的心理背景作依赖，即使她做错了说错了，别人也要礼让三分。

在我的印记中，对荷得老倌，首先存有几分惧怕。我想这可能来自大人们对她阿逢的一种心理投影，因而总是躲开她，生怕让她捉住什么把柄，若是被锁定了目标，呵斥是不免的，更要命的是，她会向你的父母告状，对我而言，一顿暴打是躲不掉的。谁家的崽俚在塘沿泼水，她见了，就一声断喝，尖锐的声音直刺云霄，吓得崽俚们亡命地四逃。跑得快了，她在背影上就辨不清是谁，你就躲过了一场灾难。在那时的农村，小孩的存活率特低。饥饿和疾病是主要杀手，而水里淹死的，树上摔死的，也不在数。前者是无奈，后者可以避免，是故家长们听说了自己的儿女泼水或者爬树，必然严惩不贷。荷得的这份好心，哪个大人不会感激哩？如果有牛吃苗芥，她发现了，也会高声尖叫，让放牛不专心的人（特别是崽伢得）闻声丧胆。

谁家出了么事，荷得晓得了，都会主动介入，提供帮助或者进行干预。倘是夫妻吵架，为的又是些柴米油盐的事，她一上前，开口就是劈头三斧："吵、吵什卵？吵么卵？你侬吵得好听，邻舍听不入耳！有本事唱戏去、作报告去啰！"几句话，就压得吵架的人的声音小了下去，就开始平静下来，分别向她诉说对方的不是和自己的冤屈。俗话说，清官难断家务事。荷得只是耐心地倾听，并不插话，也不会判别谁是谁非。聪明的人知道，夫妻之间若无背叛情感的原则问题，里头的是是非非，是说不清道不明的。等双方说得差不多了，气也消了一半，荷得就和颜悦色地言道："夫妻一场，在一块共渡船吃饭，是前世修来的缘分。你侬两个都是聪明人，有事好商量，何必吵得你死我活哩……你看看我，想吵两句，都没有人跟我吵啊……"说着说着，她的神色黯淡下来，眼眶里已是含了泪花。结果，吵架的双方就不好意思起来，转过身来，好言好语劝开了荷得老倌。这倒不是荷得故作姿态，或者劝人以技巧，而是触景生情，说到了自己的伤心之处。

我记得，谁家生了小孩，出了祸事，凡需应急的时候，荷得总是出现在第一现场。例如有谁得了急症，从土法施救，到驱人外请郎中，或用竹床扎成担架，赶抬岔港医院等，她都指挥若定，有条不紊。每逢此时，村里人都让她调遣得团团打转，连男人们也不例外。又如，小孩落水救上岸后，父母在呼天抢地，别人都惊慌失措，唯她镇静自如，拨开众人，实施人工救治（人工呼吸）。

关乎此，荷得在一定程度上，成了曲家湾人的主心骨。至于招佬姨娘所擅长的那些小法门，就相形见绌了，就小巫见大巫了。

荷得老倌还是一个十分快乐的人。平时，她很少开玩笑，但在别人的新婚之夜、村人大闹洞房的时候，她总能推波助澜，制造出欢乐的高潮来。

乡下人娶媳妇办喜事的这一天，最热闹的还不是摆筵吃酒的那阵，而是新妇得（媳妇）随鼓乐队伍前来时，人们争看嫁妆是否丰厚，有几多杠数（一杠为一大件）和戴了凤冠纱罩的新娘子长得有几排场；其次就是夜饭过后，新妇坐等绣房，由年轻后生闹洞房，及其洞房闹毕，新妇“乐堂”到大厅摆唱高腔曲“摆天官”，或讲荤话唱小曲的热闹场面。

闹洞房的主角是四位手执明烛的后生，雅称“祝赞”，他们的主要任务，是既要插科打诨，逗乐子，又要巧舌如簧，说得新妇得从背对观众到“转面”（转过身来），又到落座，再移步大堂，才算完成任务。新妇两旁有东西各一已婚女子，谓之“扶新娘”，她们不但年轻漂亮，还须伶牙俐齿，与四位祝赞打嘴仗。在相互驳诘过程中，对新娘不得有半点的语言伤害。违规就要受罚。若是祝赞赢了，扶新娘就须让新妇得转面或就座。若是扶新娘赢了，惹祸的其中一位祝赞就要接受惩罚，比如“头顶鼓”之类。头顶鼓就是将一面鼓双手举过头顶，任别人敲打，往往要唱完一首曲子，差不多有半个时辰，直敲得你震耳欲聋，头昏眼花。扶新娘若要输了，所倚仗新妇的那些权利使用完了，也要接受处罚。处罚的常用办法，叫作“扁荚开花”，就是打一盆水，一位扶新娘开裆骑在上面，然后由一男人在水面燃放鞭炮……头顶鼓与扁荚开花之类，只是听大人们津津乐道过。我记事时，没见玩过，想是新政不再提倡之故。然而闹洞房还是特别吸人眼球的，没有开场之前，小小的房间就里三层外三层挤满了人；以崽伢女伢为多。

俗话说，洞房洞房，不认爷娘。意思是在此时此地，没有长幼尊卑之分，是“放牛场上”，只要逗人一乐，只要不说破口话，其余可以胡言乱语，男女性爱是其为主旋律。我在十几岁时，也做过祝赞。进入洞房时，一人举一根红烛，打头的“掌彩”（念祝词），其他人跟着喝彩，也就是轰然地喊“好哇”。

喂！
手执明灯进洞房，（好哇！）
进得洞房喜洋洋。（好哇！）
大家睁眼四下看，（好哇！）
照见洞房放毫光。（好哇！）
两边摆起箱和桶，（好哇！）
中间一张象牙床，（好哇！）
象牙床上盖锦被，（好哇！）
锦被底下结成双。（好哇！）
好男生五个，（好哇！）

好女生一双，（好哇！）

女咯生得天仙美，（好哇！）

男儿个个读书郎，（好哇！）

我今在此祝赞后，（好哇！）

荣华富贵万年长。（好—哇！）

这是起首一段赞词，是最为文雅的句子。一段念毕，就开始同扶新娘泡蘑菇，要求新娘转面。那显然不行的，巧舌如簧的扶新娘就会说，今朝是新郎新娘的“小登科”（把新婚比作古代读书人考试中榜，可见入仕是人生的最高理想），三两句话就给打发了，太不恭敬了吧？祝赞们无奈，只得再来一段。之后又泡。三两段之后，扶新娘再不依，他们就不耐烦了，就会含沙射影地说下流话了：“搞了好几番，你侬还嫌不够啊？”机灵的扶新娘立刻应嘴道：“你侬在娘跟只吃了几番奶，就长大成人了不是？”祝赞说：“人长大了，不再吃奶，做别么事不行不是？”“哪个晓得你侬行不行，中用不中用？”“冇试过，你晓得我侬中用不中用？”话未说完，就引来了哄堂大笑。

间或的，有恶作剧者，捋来棕树籽，伺机扔向祝赞，或者扶新娘。棕籽打人很痛，但不伤人。也有抓来锅墨（锅灰）的，冷不防抹到祝赞的脸上，涂出了大花脸。每在这时，就会引来一阵骚乱，有人作邪，故意倒向扶新娘，乘机摸一下她们的奶子。

扶新娘多为泼辣而又善于辞令的少妇。有的家庭为了图热闹，还专程从别村请来“枪手”作扶新娘。这样，祝赞们就有苦头吃了。如果哑卦了，无话可说了，就会冷场，就很尴尬。每逢这时，荷得老倌就会扒住门框，朝里大声寡气地骂祝赞“你帮人真是凿得卵不中用，做得太监不是？”扶新娘就得意起来：“看样子他们要到娘肚里再走一番，不晓得有用不嘞！”荷得说：“你侬俩个眼界也莫高得，里几只崽俚你也莫嫌差得，将就将就算得啰！”扶新娘听了，臊了个大红脸，骂道：“你真是只老精怪，七老八十，活得不事在，还发卵兴！”

如此一来二去，洞房里常常爆发出一阵又一阵的轰然大笑。

曲家湾人对荷得老倌的无比尊敬，还体现在些许小事上。譬如，她丈夫文轩，与老钻文韬是亲兄弟，与我又是同辈，照理，我应喊她嫂子。可是父亲偏让我辈叫她姨嬷嬷。理由是我祖母与之同姓，但我知道，我祖母同荷得老倌，一不沾亲二不带故。再说二和尚的祖母、文斌的祖母等，都不与荷得同姓，他们也依例称姨嬷嬷。至于崇智、崇仁、崇义等人的子女，则都是依了村姓辈分，喊叔婆尊婆的，是正当道理，没有僭越。在称谓上，人若论辈分大不当大而称小，那大抵是些弱势群体之所为。

荷得老倌与招佬姨娘是至亲妯娌，老钻对嫂子亦是恭敬有加。但他的哼哼哈哈，老婆的嘻嘻哈哈，无论如何都难以令荷得满意。两家同住一幢五树三间屋，一家在东，一家在西，彼此极少往来。倒不是老钻以男人自居，故意托大，也不是招佬生活圆满，瞧不上孤老婆子，都不是。他夫妻俩倒是尽量想做得嫂子满意些，却总是对不上荷得的心思，就是说，他俩不但不能准确地领会对方的企图，即使听明白了道理，在行动配合上，又总是丢三落四，不尽人意。这让荷得大为光火。久而久之，彼此的关系就紧张了起来。有时候大声吵架，就把双方关系的不友好，给挑明了。

从我记事时起，荷得老倌对老钻招佬一家，总是饭不熟、气不匀的，没给过好脸色。一事不好，她就发火，茅上不起草上起。她最不满意的，还是招佬，女人之间吵架都不会有好气好语言，她就迁怒老钻，经常骂道："我说文韬，你硬是一把禾秆哪，是田里咯茅人。屋里许多事你都不劳神，就只晓得嚥、嚥、嚥赶猪赶鸡……"明白人一听就晓得，这是责怪夫弟没有能力管束自己的老婆，致使他们这个家庭未能高度统一在她的指挥下。想到自己在村子里都有举足轻重的地位，偏偏招佬一大把年纪，不谙世故，老不更事，她心里就不是滋味。

招佬姨娘在内心里，何尝不想取悦于在村庄上人人敬重的荷得，可老是不得其法，甚至每每走向了初衷的反面，这让荷得常怀恨铁不成钢之愤。比如两家共一个厅堂，一般都是各自打扫自己的半边领地，关系好些的妯娌，还会连同对方的地域一并扫干净了去。荷得每打扫厅堂一次，几乎都要数落招佬一顿，有时候说："我说招佬喂，莫总是顾只油老鼠嘴，有空就要扫扫。你看看，厅里跟猪窝鸡埘一样——你可看得，别咯都看不入眼！"即使招佬已经扫过了，也还是免不了挨批评。只要荷得心里不痛快，就找得出毛病来："我说招佬喂，扫地抹桌得都像三岁伢得一样，扫了不如冇扫，桌底下鸡屎都有，也真是前世作的孽！"先前，在这种时候，招佬一听老倌在叫，就忙不迭地从里间出来，拿起土箕笤帚，不敢有半点的怠慢，连连赔着笑脸说，我在做么事么事，忘记了扫呢。或者说，刚才有件急事，就随便扫了几下，没扫干净，嘿嘿……或者借着骂鸡来解脱自己："都怪几只不听话咯扁毛婆，刚刚扫干净了，又拉了屎来……"在荷得面前，招佬活得很有些像童养媳的味道。可是有么事办法哩，二人虽是妯娌（而且招佬的生活处境还要好些），但在村里的地位差距太大，荷得似乎天生就有了拿捏别人的权利。这让招佬感到了委屈，也觉得很窝囊。日子久了，就有了关于自尊的维护和一些反抗。仍以扫地为例，招佬姨娘有时就开口顶撞："叫么得嘛！你扫你咯，管我做么得？你干净你咯，我肮脏我咯——你总是大声寡气，活像我欠了你么得东西……"这一应嘴不打紧，就如捅了马蜂窝，一顿臭骂也就劈头盖脸而来："你这招佬，若咯连好歹都不晓得嘞？我叫你扫地，又不是给我扫，是为你自己好，倒不错了？屋里肮脏得像狗窝，还像人住咯所在不嘞？你一天到夜，除了跟细伢得崽俚嘻嘻哈哈，搞搞结结，你还晓得做么卵？不就只晓得吃饭穿衣、屙屎放屁，说些上不得传的鬼话？文韬讨你做老婆，也是先一世做得恶事，招来里咯报应啊……"碰到啰唆的女人，荷得老倌的这些话，是说不过门的；有些话，说得太重，也有些过分，像长辈训斥晚辈，像大人责怪小孩。但她自恃身份，不依不饶，加之嗓门又尖锐，立刻招来许多围观的人群，也立刻有人上前劝架，并指责招佬，连别人的一番好心好肠都不懂，真是天清楚！自然，又是荷得占了上风。

出了这样的事，招佬姨娘是一定要找我母亲倾诉的。

就世俗而言，招佬姨娘总好像活在另一种精神世界里，她应对外界的方式，就是不断努力地收缩自己，逢人便笑，遇事让三分，但事与愿违还是会发生诸多不愉快的事。慢慢地，她也知道了自己的一些交际能力上的缺陷，和地位上的孤立，便愈发的同我母亲交往密切。

不知为什么，败下阵来的招佬姨娘，每每诉与我母亲，母亲总是听得极其认真，明显表达了同仇敌忾的情绪。招佬姨娘脸上什么表情，母亲脸上也跟着同步变化，或喜或怒或哀或乐。招佬姨娘说话，有时候丢三落四，前言不搭后语，母亲便不时插嘴，捉住她叙述过程中的一些漏洞，和你有来言我有去语的一些关键词，反复核实荷得老倌是若个说的，招佬姨娘又是若个应嘴的，甚至于双方的声调、语气、脸色等，问得细致入微。等把来龙去脉搞清楚了，母亲就告诉她的堂姐，以后再要吵架，你就若个若个应嘴……

我在后来，隐约地听出了一些眉目。原来，不知是在哪一年，荷得老倌主动要求，把当着队长的文涵的一个儿子，通过宗谱登记，写到了她的名下。就是说，文涵的一个儿子过继给了荷得老倌。乡下收义子继子干儿子的现象，倒是颇为普遍，但里头有诸多的讲究。一般地说，肥水不落外人田，要收继子，多以至亲位下为首选。说到底，它牵涉到家产的继承问题。做这事，有一个基本的矛盾存在，即膝下无嗣者，目的有两个，一是延续香火，二是安度晚年。而想将儿子寄名给旁人者，想法只有一个，就是眼馋那份财产。而如果所谓继子看上去发旺不大，达不到养老的目的，就管不得亲疏了。荷得老倌就面临这样一个问题。文涵与荷得的老公文轩，是堂兄弟，隔了一层，乡下称“隔了汗褂子”，而文韬与文轩才是亲兄弟。按理说，荷得应该接收老钻的儿子为继子。虽说老钻只有一个儿子，这也不打紧，两家可以共有。比如章经老师（父亲兄弟三人，依次叫文坛、文山、文海），他的父亲文山是老二，文坛和文海都只生有女儿，唯章经一根独苗，他的名字分别写在了三个人的名下。对于寡妇荷得而言，她考虑得更多的不在于名分和所谓香火，而在于自己的风烛残年怎么度过。老钻夫妇自己的日子都过得紧紧巴巴，在村子里又没有半点的话份，其儿子又小，岂不是靠山山倒、靠水水流么？她是有充分理由来选择文涵之子的。这让老钻和招老感到，首先是丢了面子，其次是另外半边家当归属了他人。外人也颇多微词。于是乎，心里的不平衡，会导致行为上，对荷得老倌不再俯首称臣了，间或也敢于顶牛了——既然你不分亲疏，我不在你的眼睛里，那我还顾忌些什么？我想这应该是招佬姨娘在后来，做了一桩村里人都无法理解的大事的原因之一。人与人之间，臣服别人要有理由，为了生活与尊严，反抗或者挣扎，也是一定有充分理由的，这理由又多半来自生存处境和某种文化的限定。

世事如云

第五章……

阴差阳错

曲家湾人祖辈以来，读书的很少，一位秀才也冇出过；在近现代史上，章驰老倌算是村里唯一一个饱读诗书的人了。

可以想象，章驰小时候，家境肯定是不错的。要不然，家里就请不起私塾先生。单个的请教书先生，一年要几十石谷，餐餐的供碗又要好，是要很花一笔钱的。穷人的孩子搭读一年半载，也不免负债累累。至于章驰一共读了多少年的书，我没有打听过。听说私塾的教学模式，是先要让学生咿咿呀呀熟读一些基本教材，如《三字经》、《增广贤文》、《幼学琼林》、《训蒙文》、《小儿语》、《教儿经》、《神童诗》、《千字文》等。几年之后，识得字了，又背得滚瓜烂熟，老师再“开讲”。然而章驰于阴阳、五行、八卦、历相、天文历法之类，又颇通晓，估计他接着又读了好些“四书五经”那样深奥一些的典籍。这样算来，他读书的时间，怕是有十年左右的。

读了上十年、十多年的老书，在乡间也算得满腹经纶了。但是章驰那一代人生不逢时，生于清末，长于民国，没有赶上科举考试。或者说，因为历史的原因，他们的老师在教材选取上，本就扬弃了先前科场需要的学识，偏重于基本的伦理教育和实用的文本。要不然，就章驰而言，缘何从来没见过他与别的文人雅士往来？他既不擅长吟诗作联，也不通晓琴棋书画，当然更无治国经世之策论。他只是把珠算拨拉得不错，把毛笔字写得端正，又学了几折高腔曲而已。

我记事时，章驰老倌满口的牙齿就落光了，总是扁着嘴说话，中音也不足。他的“南霸天”式的头发，稀疏而花白。常见他穿一领青布长衫，在人前晃动着瘦长的身躯。他有空就坐在自己两进屋的后厅，独自默神；低垂的眼皮半开半闭，好似一天到夜都沉浸在往事的追忆之中。

章驰老倌在年轻的时候，其实有过相当丰富的经历。然而在我，只是东鳞西爪地捡了些东西入耳，不能具体地清楚他的经历怎么个丰富法，甚至梗概也是模模糊糊的。不过有一点是村里人公认的，章驰曾经栽在了生意场上。但究竟如何“栽”法，是做的什么生意，重大失误是哪一番，原因何在，是自己失算，还是别人的坑蒙拐骗，村庄上没有一个人说得清原委。我估摸，做生意赔了本，是一件很丢脸面的事，章驰作为当事人，自然羞于示众，不肯透露其中的细枝末节，是很好理解的事。再说，别人也不好哪壶不开提哪壶、打破沙罐纹（问）到底的。于是，那霉运，那伤痛，那往事，一股脑地藏在他的内心深处。

根据儿时积累下来的印象，章驰到老了，还一副孔乙己似的书生模样，为人处世也较为谦和，那年轻时生意场上的重大挫折，十之八九应是源于他的书生意气和社会阅历的浅陋。据说他做的是贩卖谷子、豆子、菜油的生意。是他的一位亲戚（一说是表兄，一说是娘舅）撺掇他上马的。他家里自然是很有钱了，有几十亩的田地，有一幢在曲家湾唯一的一幢封火棋盘屋。

他和他的那位亲戚借了几条“箩篮船”（状如摇箩的木帆船），装了整船的谷豆芝麻菜油，兴致勃勃地开赴南京去了。几次下来，结果——不知什么原因——赔了个精光。当时的那些货物，都是本地赊购的，回来连还本的钱也没有，几十亩田地抵了债务，但还不够，连全家人安身的那幢棋盘屋，也一并写上了字据，若是还不了债，在某年某月作价处理……那时的章驰，一定尝尽了落魄的苦头。

我父亲曾在背后议论，告诉我说，章驰老倌是上了他表兄的当。至于那当是如何上的，父亲语塞着答不上来。

关于章驰老倌生意失利、败尽家当的事，村人稍事谈动，都使用了平缓的语气，而且在理论上没有评判尺度。也就是说，都没有半点的揶揄之意。相反，倒是有了称羡的话音。说章驰读了一肚饱书，很可能算到了要改朝换代，故将家当落败了去。因为债主要准备拆他的棋盘屋走时，恰逢全国解放，新政权建立，屋子保住了；那一应的在旧政府时期拉下的债务，全部取消，不作数了。而且原先几十亩的田地早已他属，划阶级成分时，他家竟成了债台高筑的贫农！对此，有人说章驰八字时运好，有人说他眼光深远，晓得前后的事。有人还举了曹浩森的例子，来佐证章驰的精明。说是解放以前，曹浩森在省里当省长，曾给在都昌留居的家属们写信说：“十块银元一斤的猪肉可买，十块银元一亩的土地莫要。”如果这事是真实的，估计是在三年解放战争时期，曹浩森已经预感到蒋家王朝的可能覆灭。作为国民党的高级官员，他具备了那种政治敏感并不稀奇。但是将章驰这样一个蜗居穷山恶水的富家子弟与之相比，显然是牵强附会的。

不管怎么说，章驰的一生，是有惊无险的一生。他的人生，有着一般人难以体验得到的特殊滋味。人在有时候，真的无法逃脱命运的安排。现代的许多人说，人生只是享受追求的过程，不问结果。这话里其实也含了宿命的成分在。有些过程是很让人痛苦的，根本谈不上什么“享受”。趋利避祸是人的天性，谁也不会犯贱般的、自虐式的专找苦头吃。不少追求的结果又出人意外，当然只能“不问”好。于是便有了另一种说法：“知足常乐。”这也多半是无奈之余的叹息，无非用了强作欢笑的语气。章驰老倌要是年轻时“知足”了，不去奋斗，不做生意，不把家财输光了，那么他家在土改时，不划成地主，也要划作富农的，在狠抓阶级斗争的年月，也就无论如何都“乐”不起来了。人的命运与人的思想及其才华，不成正比的，反倒经常处于剥离状态，还不时地开开玩笑，搞得你手脚无措，弄得你啼笑皆非。这种时候，人们一般会从不同的两个方向寻求保护，一拨人精研谋术或技术，想在方法技巧及手段得到提升，从而走向想望中的胜利彼岸；另一拨人则靠拢圣贤或皈依宗教，专意心灵的自我净化，以期遥望并抵达精神的彼岸。这两拨人都是社会精英，如车之双轮，鸟之双翼，把整个人类从亘古的蛮荒，带进了文明的现代。而这，与普通人的生活，只是作为一种参照性的存在。

而且慢慢地，就演化为社会分工的不同。就说章驰老倌，虽也胸有积墨，也想出人头地，终是大海里的一叶扁舟，任凭风吹浪打而难于自救。故而尘世中的芸芸众生们，少有不安生的想头，多半听任命运的摆布（最多狡黠地要些小聪明而已），为了活命，唯一的出路只有选择勤劳与节俭，别无他哉。

文涵其实也是一个传奇式人物。与章驰老倌相比，经历与遭遇自是大大的不同，颇为奇特的是，两个人的结局是一样的。文涵比章驰小很多，与他的儿子们年龄相仿。

文涵同崇智，年纪不相上下，身板都很壮实，个头也一般高大。只是性情有些不同，在外观上看，扮相也是两样。崇智留了大背头，长发掩耳，颇见风度。而文涵则是青皮大光头，后来当了村里的生产队长，也仍然不修边幅。在他的心里，也一定未把村官当回事，也一定没有从政治角度往上爬的欲念。当队长对他而言，多少有些意外。我猜想，崇智让文涵当队长，有他的用意。论家族成员中，就北头而言，章驰老倌有五个儿子，是可以选用其中一位任村里的首席长官的，但他可能担心他们人多势众，不听节制。论文化程度，文山的儿子章经，读过县城中学，可是家庭出身富农，成分不好，加之他又当民办老师去了。老钻自是不行。北头还有一户，是章含，与崇智屋里关系最近，只是他去景德镇做了窑工。而南头、东头虽也不乏人选，却不在崇智的考虑之列。农民阶层对于权力，其实是看得最重的。权力派出来的，往往就是切身利益。从势力角度来看，文涵与崇智一样，都是兄弟一个，是乡人说的“金钱吊葫芦”的一脉单传。两人惺惺相惜，彼此会产生一种相互依存的关系。对外，人家兄弟再多，也打不过他俩一巴掌。若是文涵自行其是，令崇智难堪，又有另设的崇义会计、保管员水生相克。文涵处在这样一种预设的人事格局当中，加上他年轻时特殊的经历，心里对此自然看得很淡。

文涵淡于“仕途”，究其深层原因，恐怕还来自他那年轻时放荡不羁带来的严重后果，而心有余悸。他的老爹重廉老倌，到六十岁时才生有他，是名符其实的“老来得子”，自然是天上落下了个宝贝疙瘩，含在口里怕化了，捧在手里怕掉了，文涵打小就被娇生惯养着。至于重廉老倌把儿子抚养到多大才撒手人寰，没人告诉过我。我只听说过文涵的母亲喜娇老倌，是一个十分迷信的女人。她行事做人，忌讳特别多，多到别人无法适应的程度。这在后来的文涵身上，也反映了出来。想必她夫妇老年添子得福，心存感恩，便把自己的一言一行，都纳入到了对于鬼神的崇信轨道。只是不知道她老人家是否曾经斋戒，是否经常入庙朝香。

重廉生前，积攒了很殷实的家当。很有可能的是，章驰败家的时候，他就趁机买下了许多廉价的田地，俗话说，东家不穷，西家不富。但是，看文涵后来的屋舍，不过一幢五树三间屋，而且还是土砖墙。这足以证明他家发迹的时间不长，且迅速地垮塌了去。农民把土地视作自己的命根子，手里有了几个钱，最先想到的便是买田置地，其次才做房子。重廉买了几十亩田地之后，来不及建造一幢像样的住宅，就留下自己的遗愿走了。但是文涵并不沿着父亲的足迹往下走，把这份家业撑下去，而是像一匹脱缰的野马，由着性子来。不知何时，他跟上了外地打麻将、推牌九、跌骰子的帮伴，日不伺田，夜不归屋，天光到夜在外面厮混。输了钱，回到家里就病蔫蔫的，没精打采。赢了当然是趾高气扬了。有一天，村人见他大清早从外面兴昂昂地回村，两手的指头上全部戴上了明晃晃的金戒指，耀人眼目，口袋里还有许多玉镯、银项圈、金耳环之类。他那一次肯定手头很火，赢了不少。然而，结果却很糟糕，而且很惨，家里的全部田地后来被赌掉了不说，连挨着五树三间正屋的那半幢房子也抵了赌债——如章驰老倌一样，也正好遇上了“百万雄师过大江”，曲家湾跟着成了解放区，才绝处逢生，幸免于难。

在曲家湾这么一个小小的村庄，就有两户人家沉浮于瞬间，破产于顷刻。然而就因为这样，文涵与章驰两人，误打误撞、殊路同归，在实行土地改革时，却被划入了当时吃香的阶级（成分）队伍——贫下中农。在政治理论上，穷得叮当响的农民们，就是中国共产党领导的无产阶级革命最可靠的同盟军，成为国家主人。这是村里的所有人始料未及的事情。在自己一手酿成的灾难深渊中走出来，文涵与章驰，不但恍如隔世，而且无论如何也想不到这居然是一个喜剧结局！山中方七日，世上几千年。又真是“人情似纸张张薄，世事如棋局局新”。

人在经过大灾大难的折腾之后，心态一定会发生根本性的一些变化，尤其是侥幸脱离苦海、又有意外收获的人。有些人可能仍然抱有侥幸心理，仍然我行我素。有些人则感谢上苍，萌生积德好善的念头。有些人却是一蹶不振，变得谨小慎微起来。当然还有其他的各种类型。

在我的印象里，文涵老哥是一个性格复杂的人。老远的看他，总见他戴一顶旧草帽，扛一柄耙铷，勾着头，在田垄地埂上踽踽而行，好像生怕踩死了蚂蚁。他与任何人交谈，都是细声细气的，委婉和蔼。即使对我这种家庭状况的小崽俚，也是一副笑眯眯的样子。我在他待我的神情里，读不出半点轻视与鄙夷的意思。在曲家湾，这是唯一一个正眼看我的大男人。这当然并非我在他的眼里有什么分量，他对其他的小家伙们，也同样如此。他与别人的不同之处，在于一视同仁。在别人的眼里，孩子的队伍也分有不同的等次。比如我同崇智的三崽季孙，年龄上同庚，做了同样一件事，说了同一句话，季孙做的事说的话，被称赞为“聪明调皮”，而我则被责之为“生枝造孽”，并狠骂一句“白面”。所谓“白面”，可能来自戏台上奸人的脸谱，延伸义却是不成器的东西，或说话云里雾里不着边际“没有实效”的人。但是文涵从不这样。

文涵的生活态度与他的处世方法，极不适应毛手毛脚的崽俚把戏（乡下人称小孩为“小把戏”，意即可爱、好玩），但他能够忍耐。他像他的母亲喜娇老倌一样，忌讳特多，村人叫作

"忌影得重"。你若是到他屋里戏得，站在他家大门的门槛上不下来，他会不高兴的，认为那样挡了门神或财气，是不吉利的（我们那里特别反感女人披头散发地站在门口，说像鬼影子），他不会骂你，而是和颜悦色地把你牵过去："来，佬哇，在凳上坐。"在他的家里，也不可以胡说八道的，就是平常的日子，你说了"死"呀"倒边"（倒霉）的话，他会佯嗔着阻止你："话真多。"据说他赶清早出门，若是遇了女人，就迅速地缩回去，等一阵，再伺机离开屋子。有一年冬天干旱，村里在上塘西边角里挖一口吃水井。那天傍晚放学回村，我兴冲冲地跑到还未挖好的井口探看，见已掘得很深，信口道："呀，里个深咯，人要是跌到里头去得，就爬不出来哟。"文涵一听，脸都变色了，压抑着怒气地："文魁，就你痨话多！"这是他在态度上，对我最为严厉的一次。后来这口井一直废置不用，好像还填土塞上了，不知是否因了我的那些破口话。

对崽俚们尚且如此，对同代同辈的大人，文涵自然更是不卑不亢。他的口头禅是："有事好商量。"他当队长，遇了有人偷奸取巧，又不得不说时，大抵是好声好气地提醒一下，语气里软中带硬，事情说透了，但不伤人。例如某人耖田慢了，他会上前说："嗬嗬，下昼××田里要用牛哩，不晓得你上昼赶得赢不？"人家自然就知其意，点点头挥起牛鞭，开始了紧赶快走。可他一旦发了脾气，却是地动山摇。我想这肯定是忍无可忍的时候。犹如佛徒剃度之后，也想着潜心向佛，把自己修成正果，但一旦因某事触发，就突然不干了，还了俗，就前功尽弃了。

在曲家湾，似乎专门与文涵对着干，且公开撕破脸皮的，是崇义的儿子水根。他俩要是为了什么事吵起来,就吼得震天响，摔碗踢凳的，搞得惊天动地，成为全村瞩目的重大事件。若干年后，我才隐隐约约地感到，这表面的白热化争斗，看起来是一些生产队里分工干活的小事，里面一定隐藏着各自难以言状的真实原因与目的。关乎此，暂且按下不表。

运乖命蹇

曲家湾还有一件“鬼吃饼”、“鬼打架”的事，那就是文坛、文山、文海三兄弟，忽然间变成了专政的对象——富农分子。

文坛兄弟都有绰号，分别是豪猪、野猪、细猪。兄弟三个，唯细猪读了几年书。根据我的生活经验，一般来说，农村从小取有绰号的人，特别是那些鸡猪狗猫类的名字，都是家里境况不好的户子。有些是父母自己唤起来的，为的是叫得贱了，阎王爷不晓得那个人的真实名字，就疏忽了去，就不小心让那个人活得寿命长了。而外人给冠上的外号，多半是一种嘲弄，有的甚至带了恶意。例如我之被叫作“白面”。更有不堪入耳的,“蓑衣狗”、“猪嘴”、“大舌头”、“孱头”、“大鸡巴”、“吃屎咯”、“拉疤镜子”、“歪口”等等。

从这个角度来谈论“三猪”一家，是想藉此证明，他们在儿时，也一定是生活在贫困线上的（他们家的发迹，起步相当的晚）。在曲家湾，章驰一家，乃至崇智、文涵、水生等人，都无有此类“小名”。凡有钱势的人家，不但自尊自重，别人也不敢造次。我的父亲三兄弟，谱上的大名分别是重耕、重渔、重樵，绰号却是夜壶、猴面、癞痢——就是因为我家太穷了。至于文韬被叫作“钻子头”、“老钻”，是成年以后的事，也是他过于老实的缘故。这应该属于我的独特的考证方法（或可能仅限于曲家湾）。

从豪猪家的住宅上，也看得出来，他们过上好日子的时间不长。

曲家湾原有三幢两进棋盘屋。一幢自然是章驰老倌的，一幢是“扯叭”叔公及整个东头共有的，再一幢就是豪猪家了。东头的部族全部住在一幢屋子里，足见其族亲关系之近。但在上世纪五十年代末，这幢房子已经残败不全，是故分成两大份拆除了去，分别归属水生和他的侄辈文龙、文虎兄弟。扯叭大名尊天，因孤身一人，只搭了一间不足十平方米的土瓦房，贴在文龙新屋的墙外。如此一来，全村就剩了章驰与豪猪兄弟的两幢棋盘屋，成为曲家湾的标志性建筑。

与章驰的封火屋比，豪猪的屋舍首先是没有来得及封火，一直是土砖墙。其次是屋内的栋树梁椽板壁以及大小门窗，依然是黄灿灿的崭新的木材，甚至闻得到木头的香味。原准备次年封火的“线砖”（窑砖）都买了来，堆在屋东的小院子里。

可是，土改开始了。

我对于村庄上的两幢棋盘屋，至今怀恋不已。它们在外观上巍峨高耸，有很雄伟的气概，再就是里头大得惊人（当然是小孩目光的印象）。房间多而且幽暗，屋内能窥见天空；天井养有王八，天井两头的茶厅房，对内装有雕花窗匾，晴天阳光碎铺，雨天能见如帘滴檐。章驰老倌的屋子，屋树板壁已然陈旧，颜色由黄转红，又由红转紫，最终变成了青黛；地皮平整结实，又黑又光滑。没有一两百年的历史，是成不了这般模样的。炎天酷暑的日子，我家那低矮狭小的房子实在闷热难耐（主要是在午饭后），常常地溜出去，到封火屋里，痴痴挨挨，找机会躺在天井边缘的红石条上，美美地困上一觉。人家虽然并不喜欢，但没有过当面呵斥，年纪小时，也不知道察言观色。去的最多的还是豪猪屋里。……我在长大后总有一道奇怪的梦境，经常地缠绕我，常常急得哭了，吓醒了过来。这梦魇就是天色黑暗，只依稀看得见手指，我一个人在章驰老倌空荡荡的大厅里行走，心里害怕，就赶紧走入东边过道，迈过红石门坎，再往里头游走，结果陷入了迷魂阵一般的砖木结构的堆里——走过去是一堵墙，折回来又锁了门，爬上“一丈方”（屋树之间串连的木板），下去一看，前面又堆了齐瓦的乱柴，反正怎么走也走不出来……

早年，每每梦醒之后，我怎么也想不清楚它的原因所在。就是问卷庄周，或在弗洛伊德的书里，都查不到答案。有一天忽然明白，我想一定是在我不懂事的时候，误入了章驰老倌的棋盘屋，而且进了房间，找不到回头的门径，深深的恐惧感刻划在了幼小的心灵之故。在潜意识里，我对于大户人家，应该是没有好感的。倘若自小便出生于此，有大人带着出入各处，熟悉了环境，显然不会留下这样的心理阴影。我家的房子虽然低矮简陋，留给我的（包括梦境），从来都是温馨的感觉与画面。然而，在理性上，我还是对于那两幢棋盘屋持爱惜的态度。章驰老倌死后，他的老伴凡妹嬷嬷也去了与前夫生下的儿子处；到上世纪七十年代末，老倌侥幸存留下来的屋子让儿孙们给肢解了，好几拨人各分得了一部分砖瓦桁料椽角，分别做了五树或三树的各种小屋子，散居起来。我后来到村里见了那颓然的败迹废墟，真有痛心疾首之感。1998 年大水过后，县里大搞移民建镇，豪猪的老屋又给拆了……扯远了。

豪猪兄弟的勤劳，我做崽俚的时候，就看得出来。特别是豪猪和野猪，虽出身有钱人家，都不曾进过学堂门，都是粗手大脚，作田的好手。细猪是老小，读了几年的书。后来老细得了痨病（肺气肿还是肺结核之类），才在家里休养，做起了“总理内阁大臣”。就是说，家里的大小事务，包括应对复杂多变的外界，动脑和动嘴的是他，跑腿做事的是两位哥哥。

兄弟三人和睦相处，从不红脸。

在曲家湾一带，说是地主富农，可这些户子大多是吃霉豆腐辣椒酱起家的。他们的特点，第一是勤劳，第二是吝啬（节俭）。当然也有做过分的事的，比如想心血占有别人的土地之类。但明火执仗干坏事的很少。而豪猪一家，据我父亲透露，就是解放前几年发起来的。首先当然是“死做活不吃”。俗话说，聚家好比针挑土，败业如同浪推沙（也当然不乏靠横财致富的人）。兄弟三人在父辈们的训导与敦促下，犁耙水车样样能干，而且是早出晚归，两头见星星。据说豪猪做事，一个顶俩。有一次天刚蒙蒙亮，别人起床出工，他却一个人车满了一亩田的水回来。诚然，这样舍命做事，有可能丰衣足食，但不一定就能够快速的富裕起来。其次是他们家早年捡了不少孤老的家当。这些家当的获得很简单，就是豪猪兄弟小的时候，被父亲以继子的名义，写在至亲位下的一些孤寡老人的那页宗谱上，“百年之后”，老人们一个个死了去，所遗下的那些房产哪，农具家具呀，田哪地呀，就一股脑儿的归其所有了。虽是非分之财，却是正当所得。房子多了可以卖，田地多了可以租给别人种——几年下来，进项大增，就那样稀里糊涂地成了大户人家。世上的事，谁也说不清楚。有时候是阴差阳错，有的事是鬼使神差。吃了亏的人说：“谁也没有长后眼。”得了赢头的人说：“望祖上咯福。”而豪猪一家，则是哑巴吃黄连，有苦说不出。

运乖时蹇

在一个村庄，大到一个姓氏，其宗亲，就如剥藠头一般，一层又一层；剥到最后，当然只剩了同胞之核。就曲家湾而言，从大的方面划分，南北二头，亲近一些，东头要疏一层。东头虽也姓曲，原并不住曲家湾现在的位置，而是垴前的神仙嘴。后来因为人气萧条，又发过一场大火，就思量着搬到一起来住——那样才有了后来所谓的东头。

我们现在根本无法考究，东头搬来之初，费了哪些周折。其所存在的第一个问题，就是南北二头的老祖宗，如何肯接纳了他们，也一定在同意的时候伴生了一些协议之类的东西。

早在五十年代初期，扯叭叔公他们东头一家，就一幢封火棋盘屋；每年正月初一逐门逐户拜年，我进去过，里头阴暗潮湿，有一股霉味。但这幢房子的位置，在远离曲家湾原住民的房宅一百多米开外的东边垅口，看上去孤零零的。在地方狭小的曲家湾，这距离不是一个小的数目。我于是有理由猜测，老祖宗当年，是不允许东头往西边的腹地发展的。后来他们拆了封火屋，往西挪位做屋，与豪猪还未封火的棋盘屋毗连，显然得惠于新政府新政策的。颇为奇异的是，东头西迁之后，家运就日渐地好转了起来。

搬过来之前，东头扯叭的人脉，处奄奄一息之状。三户人家，就有扯叭叔公一户孤老。水生是兄弟一人，文龙的弟弟文虎，又是个拐子（瘸了一条腿）。但在水生的嘴里，他们祖上，也有过一段辉煌的历史。

水生大名重斌，个头不高，但很精明，是东头的领军人物。他父亲死得早，靠母亲春桃带大；上头一个姐姐，下头一个妹妹，有兄妹三人。他之所以能够出任生产队的出纳兼保管，除了崇智从他所认定把握的大局出发外，主要还在于他的要强、机灵和圆融处世所编织的人事关系。作为南头，我父亲其实也处于代表人物地位。父亲有兄弟三人，又是老大，被重韵大伯视为“庶子”低人一等而不能进入“上流社会”，父亲完全可以如水生一般，为本部族的利益，在全村争得一席之地。然而崇智还是不错，给了我父亲一顶“贫农代表”的帽子，状如“议员”之类的身份。父亲为此很感激崇智，一年到头，去大队或公社开了一两次大会，逢人便说见到了某区委书记、某公社社长，还跟谁握过手之类。水生则是一个“现实主义者”，在他的生活准则里，从不玩虚的东西。然而他也喜欢读些演义之类的老传。我记得他藏有《郭子仪征东》，和说唱本《乌金记》。他对于旧时读本的喜好，不同于崇智，要从中吸取什么，而是纯粹为了解闷、找乐子。他把自己的书看得很重，崇仁借他的郭子仪去看，没几天就去追要了回来。我也借阅过。记得书上的郭子仪也同薛仁贵一样，神力过人，也下仙洞有了奇遇，也吃了制成九牛二虎形状的神品，得到了兵器兵书，又如何打遍天下无敌手。这些带神话色彩的传奇故事，多少又感染了水生，平添了几分豪迈之情，张扬了他的个性。他在不求人办事的时候，作风硬朗，说话干脆，不高兴时还容易发作。奇怪的是村里人都常常让着他。就连崇智跟他说话，也总是好声好气的，一副笑容可掬的样子。

水生虽然要强，却不善于言词表达，一开口便要发出嗤嗤嗤嗤嗤的轮胎放气一般的响声，然后说成的语句，也是短促而不连贯，往往一急就上火，像吵架一般。好在大家都熟悉了解他，知道他并非对别人发气，而是他的一种语言表达方式。他的堂侄文龙，说话的“过门”（曲牌起调）却是“依吔依吔……”之后半天才说正文。不过他俩都比老钻强些，至少可以把话说得清楚。

话说东头，祖宗中有一个叫老万的，嗜赌成性，又因赌发迹。老话说“十个赌来九个输”，“上场和一和，下场要脱裤”。可能老万就是那十个里挑一的“一个”——包赢不输。

水生说，他祖上的那个老万，家里很穷，起初身上就只有一枚铜钱。头一次跌骰子，他就赢了几十枚。后来去赌桌上看别人打麻将（本钱小而不敢上桌），偶尔的拿些铜板上桌押庄，谓之“滴麻油”。结果他押谁，谁就火，一来二去的便赢了不少，积聚的铜钱可以兑成纹银了。财壮痴人胆。腰里的钱多了，他就上桌了。谁知一上麻将桌，见庄庄火，把把和牌，一来二去的又赢了许多钱，开始买田置地了。村庄上、附近的人也都不敢跟他赌了，他就雇上一名保镖，到岔港街去赌。打麻将很麻烦，就推牌九。结果又一来二去，赢来了大量不义之财。这时候，老万决定洗手不干了。

那一年，老万带足了银两，穿一身破烂的衣衫，到岔港船码头买树。他之所以穷酸打扮，自是“财不露白”的意思。

到了港里的树排上，老万背着褡裢，在上面踯躅着走来走去，东看看，西摸摸，又用带来的小篾尺量来量去，肚子里盘算着买多少，买哪些合适，怎样在量法上才不至于吃亏。如此这般的费了老半天的工夫。

卖树的老板见老万一副寒酸模样，转悠了大半天，不肯离去，又没拿定主意买树，心里想，“这人不像咬獐的狗，有钱也买不起几根树，何故这样呢？”遂上前皮笑肉不笑地：“这位客官，买几根树？要么样的树？”老万沉吟着说：“想做一幢棋盘屋……”老板听了，不禁哑然失笑道：“老哥呀，你要有钱买两根树我信，要说是……要说是做屋，嘿嘿，你侬不是拿我开心吧？”

老万听罢，先是一愣，继而笑了笑，说：“你不信？你侬怕我买得起、付钱不起？”

老板手一挥，傲慢地说：“话多不甜，糊多不粘。俺俩个也不用打嘴旁骨头，我看这样——今朝，你只要不离开树排，尽你侬身上咯钱，你买几根我不管，如是买整排咯树，你买一排，我送一排，如何？”

老万听了眼睛一亮：“你说的是真咯？”

“真咯！”那人不知哪来的一股邪气，跺着脚说，“写牛皮文书都可以，不过……”老板又心生一计，“要是你连一排树都买不起，也应该赔我一排——总不能光赢不输吧？”

这时的老万，见对方着了魔一般，知道自己稍微动点心思，再钓他一钓，就有可能上钩。于是，故意装作为难的样子说：“……明明说了买一排送一排，看看，又变卦了，又要我这买不起的赔上一排……”

卖树的老板越发的得意了："我量你卖了全部家当，也买不起一排树的……"

"你真的隔着门缝看人？"老万这才火了，扯住老板的衣袖："走走走，到街上写文书去！"

两个人推推搡搡，吵吵闹闹，引来了诸多围观的人，大家跟着起哄："写文书！写文书！"岔港街上的一些痞子、二混子都认识老赌棍曲老万，早先都是一起吃吃喝喝的朋友，都知道他兜里有钱，就更加起劲地高叫："口说无凭，立字为据！"

卖树的老板不是本地人，是永修吴城过来的新手，人生地不熟，做了几天生意赚了一些，就有些狗眼看人低，犯下了一个要命的错误。结果可想而知，在帮闲者们的怂恿下，真的请人写了契约，又有街上的绅士俱保作证。

老万将字据一拿到手，立马将褡裢解开，倒出一堆白花花的银子来。这时，卖树的老板一见银子，就"咦"的一声软瘫在地……老万等于以半价买了几十排树，那港里的树排全给拖了回来。老板是倾家荡产了，老万却发了一笔大财：做屋没有花钱，剩余的树又都卖了好价钱。

……

水生在这个故事里，获得不少精神上的满足。只是联想到后来，神色就暗淡下去了。水上驾船的人总说，人不可能总走顺风船。一个家族也是这样，不可能长盛不衰的。

1957 年，我开始念书了。初小设在官家垅。上学时，往村的东头走，绕上一道塘坝，翻过不高的畈垴，就到了。路程很短，只要十几分钟的时间。记得上学不久，老师就教我们唱一首歌：“右派右派，像个妖怪，当面他说好哇，背后来破坏……”那时节，我们不知道“右派”为何物。在到目前为止的政治概念里，许多人是被“错划”为右派，是搞了扩大化了。也就是说，右派在当时的政治气候里，还是存有过的。然而我们崽俚不知道，唱歌只是我们的娱乐。后来又唱《东方红》、《戴花要戴大红花》、《江西是个好地方》，在我们的心里，这些都完全等同了儿歌的快活。

上学放学，东头是必经之路，而且必须经过那幢业已破败了的封火屋。最让我们害怕的，是他们家养了一条灰白色的蓑衣狗（毛长而且卷曲的狗）。经过院门口，它就狂吠着追出来，吓得我们失魂落魄。因此，胆战心惊地经过那个危险地段时，我们就备好了自卫的武器，不是拿有一根棍子，就是捡了许多石头。那时，东头的封火屋，让我们恐惧，也令人望而却步，好像里头掩藏着许多不为人知的神秘。

那蓑衣狗的存在，今日想来，只是曲老万家族最后一点尊严的象征性存在。但在事实上，由他的后人进行演绎的许多离奇曲折的故事，早已浸透了辛酸与无奈。

在水生的上一辈人中，没有听说过关于他的父亲的点滴，也许因了平淡无奇，抑或死得太早，还有许多应该发生的故事没有发生。而尊天扯叭叔公和文龙的父亲憨狗（大名重诺），却都有过奇特坎坷的经历。

先说曲尊天。

在曲家湾，尊天的辈分在那时最高，而且“硕果仅存”，只他一人存世。至于为何落下个扯叭的外号，我想原因在于他的终生独身；在乡间看来，这是做人问题上的彻底失败。一个没有妻室的男人，在传统的眼光里，是不值一提的。一个人被轻视了，不恭的外号就给送来了。在我的印象里，尊天叔公说的话，很少不靠谱的东西。他讲他身上发生的惊险故事，应该有八九不离十的真实成分。但是，对一个家业无成的人来说，听说的任何话，都让人嗤之以鼻的——“扯叭”者，说大话也。

不知道尊天叔公年轻时是何样一种秉性，他怎么就毫不反感地接纳了这个不雅的外号呢？村里人无论大小男女，都喊他“扯叭××”，他都习惯成自然地一一应答。除了水生叫“细爹得”，文龙文虎喊“细嘎嘎”（嘎是“家”字的转音，是公婆的代称，如外公称“嘎公”，外婆称“嘎婆”，祖父称“嘎嘎”等），只有东头部族称呼时不加“扯叭”二字外，其余无二。如果认为这是扯叭叔公为人随和，那就大错而特错了。

扯叭身上发生的故事，可以车载斗量。

作为兄弟中的老细，虽家道中落，扯叭自小便娇生惯养，长大了就游手好闲。俗话说，破船也有三百斤钉，但是坐吃山空。等父母相继地死去，兄弟分家，他单独过日子，就日渐的捉襟见肘起来。他不愿意作田打土巴，不务正业，却爱上赌博。

这倒是颇得乃祖遗风，但没有祖人老万的手气，可谓每赌必输。加之喜逛窑子玩女人，几块田地也变卖光了，就剩一条光棍露卵，还欠了一屁股债。万般无奈之下，时值国军募兵，就卖了壮丁，把得来的银元还了旧欠，一身轻松地扛枪吃粮去了。当兵纪律严，训练又苦，他吃不消，瞅个空，就扯线偷跑了回来。

那时地方上实行乡、保、甲三级管理制度，上头征兵，下面派送，接兵官把壮丁接过手就万事大吉了，至于那些兵逃跑了与否，不关地方上的事。正所谓“只管新妇得上轿，不管新妇得床上赖尿”。回来之后的扯叭旧病复发，又赌又嫖，又欠了一屁股债，又卖了一回壮丁，结果又逃了回来。后来又欠了债……第三回又重蹈了覆辙。

对扯叭而言，第三回卖壮丁逃跑，是最为惊险刺激的一幕。在荷得老倌屋里，在座的还有重韵、文山、父亲和我，听他亲口讲述过一遍。那一次，刚穿上军装，枪一发到手，军队就直接往前线开。作为老兵痞子，扯叭心里清楚，这一去肯定凶多吉少，恐怕连小命也保不住。他原本就没有打算过在军队里混饭吃，无非是走走过场，弄些银钱还账而已。心里就暗暗拿定主意，准备钻个空子溜之乎也。谁知这一次不走运，半夜开小差没跑几远，就被哨兵发现，乖乖地被捉了回来。连长的脸都气白了，扇了他几个耳刮子，并命手下把他绑起来，牵在碾盘的架子上，等天亮了当众枪毙，以儆效尤。当时，扯叭吓得尿在裤裆里，心想这下完了，要死在异地他乡了。他当然不会白白等死。人在临死前的垂死挣扎，往往有着坚忍的意志和天生的勇气。趁看守打瞌困时，他就利用背面的两手下死力动作。碾槽碾轮都是麻石錾制而成的，麻绳在上面磨擦，就会发热，就会绽丝断缕，时间长了就可挣断。为了活命，扯叭累得满头大汗，手也磨得破皮流血了，但他大气也不敢喘，耐心地寻求活命的一线生机。终于在天亮之前，他挣脱了绳索，偷偷摸摸而又跌跌撞撞地泼命跑了出来，算是捡了一条命。从此，他再也不敢以身涉险，卖么卵鬼壮丁了！

三卖壮丁，应该是扯叭叔公一生中，自己引为最值得骄傲和自豪的光荣历史。但别人并不这么看，仍然讥之为“扯叭”。世人的冷落，加上自己改不掉的习性以及改变不了的命运，令他跨入天命之年前后，性情发生了根本变化。他的话不再那么多了，与人打交道已不如从前那么随和了，孤独与孤僻使他变得有些不可理喻。

在东头，扯叭只对水生客气一些，其他人几乎都成了他的出气袋，一不顺心，就龇出牙齿来骂人，嘴角上还流出了愤怒的馋水（指口水）。尤其是对文龙兄弟，总是呼之喝之，像骂亲生的崽俚那般随便。我想可能是水生脾气急，敢于同扯叭顶撞，再说他在村里也算得头面人物之一，在利益上多少能帮得上他的细叔一把。比如“五保户”能享受的一些待遇，无论是公社、大队拨来的十来块救济款，或者一件棉暖（袄）子，荷得老倌有的，扯叭也可以得到的。在曲家湾，也就是崇智、崇智的父亲章印老倌、章驰老倌、荷得老倌、文涵几个人，扯叭眼睛里放得下，其余皆如入无人之境。我听过他骂我的父亲："那只夜壶哇，你是若咯办法的？呵？"

我记事时，扯叭叔公就没做过耕田耙地的农活，老早就开始了放牛。说了是放牛，我们沿湖人家，除了湖洲上大水未来之前和退却之后，可以放牛，其余有一半以上的日子，都必须牵着牛在田塍上、地坎上吃草，不能有丝毫的掉以轻心。牛虽然笨头笨脑的样子，但有时十分狡猾，你稍一跑神，它就猛一歪头，呼地一下，掠来一大口青麦绿禾或其他农作物。小学时，每逢暑寒假与星期天，我都要代姐姐放牛，好腾出她来，到生产队里混工分。我记得那是一头黄牯牛，又配有黑色的块状的花纹，两只叉角坚硬挺拔，目光如炬，整个身躯显得彪悍孔武，我那时只长有它的脚高。见别人常常可以坐在水牛背上，吹着口哨悠然地行走，便也发心想坐一坐自己的牛。有一次，黄牯牛在地坎下的沟里吃草，它的脊背刚好高出地坎一点点，我就乘机爬到了它的腰背上。谁知刚一上去，它就嚯地往前一蹿，把我摔了个仰枝撒杈！痛得我半天爬不起来，眼泪立刻就跑出来了。原来黄牛是不能骑的。大人说它们怕痒，也有人说黄牛腰力不行的，反正我是从此再也不敢骑牛。

牵牛吃草的时候，我们崽俚总要躲开扯叭。从牛栏里牵出牛来，首先要四下张望，看他牵牛去了什么方向，或者互相打听，他去了哪里；如果他的牛还在牛栏里，便要猜测，他今天可能会去哪里——谁也不愿意牵牛的时候碰到那个瘟神。大家怕扯叽是有经验的。

村子里放牛的人家只有几户，我记得年龄小的有二和尚的姐姐水秀、夯公的姐姐黑妹，还有瓠子的哥哥和我的姐姐等。家里条件稍好些的，或者年龄上的原因，大了还是小了，都不曾让细伢得牵牛。这些家庭牵牛的男崽俚女崽俚，自然都不在扯叽的话下。每年初夏，大水涨满了湖洲，在麦子刚刚抽穗的时节，大家都把牛们牵到畈垴上，分布在绿油油的一片麦浪里；牛脊背在绿色的海洋里时隐时现，而牵牛的小人们则被淹没得什么也看不见。由于地塍弯曲不等，常常是这一头望不见那一头。有时走着走着，人和牛不期碰上了扯叽，就倒了八辈子霉了，他就骂开了："瞎得卵眼不是？相（看）到我在里，你还要赶乱絮得？"吓得你急忙调头溜开了去。有时，又不小心跟在他的后头，被他发觉，他捩转头又是一顿臭骂："卵凿瞎得眼不是？相到我在前头，还要跟在后头嗅骚，还有么得草吃？都跟你班人一样，牛都饿死了，队里还有么事收成？下半年吃西北风！"他的声音像破锣一样，滚过麦梢，传出老远，常常吓得我们魂飞魄散！

扯叽叔公对细伢得崽俚仿佛有一种天生的敌意，不管见了谁家的，他几乎都是吹胡子瞪眼睛。是不是小把戏们的存在，在他的眼前晃动，就比照了他的孤凄，心里不好受？还是有许多的积郁需要发泄，而小孩们便是软弱可欺的对象？这些都不得而知。唯一例外的，是他对水生的大儿子文星，宠爱有加，当作了自己的亲孙子。还在文星十来岁时，他就牵郎猪一般带上他，张村李庄到处转悠，说是寻一门孙媳妇。文星太小不懂事，总不成找个童养媳吧？再说别人家的女崽俚，也还都是“水泡虫”，怎么会那么着急找一门婆家？扯叭年纪大了，又无妻无后，可能多少便考虑上自己的后事了。不管他自己在外人眼里的形象如何，在那个时间段，他的确在做拔苗助长的蠢事。水生虽然不很乐意，碍于面子，只好由他的细叔了。扯叭寡嘴的心血，每每都只能是无功而返。

有一年，一个四十来岁的女人，带一个十来岁名叫嫦娥的女儿，经介绍来到曲家湾，做了扯叭叔公的老婆。可是不到半个月，他就嫌人家，给赶走了。我记得那女孩长得活泼伶俐，会唱歌，能跳舞，初来时围了一群人看她表演。看那女人的打扮，和嫦娥的表现，显然是从城市里下来的，只是不知何故沦落至此。我那时，心里也暗怪扯叭赶了人家，反之，我们崽俚，至少可以学到些嫦娥从城里带来的歌舞。扯叭自身，老了也该有个伴儿知冷知热，也有个女儿膝下缠绕，小瓦屋里多少就有了些生气了——这倒是我长大了以后替人着想的。

扯叭叔公的心理状态，可能一辈子都没有温暖过，也自然一辈子没有健康过。

文龙文虎兄弟，从小就失去了父亲。他的父亲大名重诺，绰号憨狗。

憨狗打小练武，拳脚工夫颇为了得，据说他站在门槛上，三五个男人怎么用力拉，也拉不动他。他以种田为生，有武艺在身也不惹事。他与水生（重斌）同辈，皆称扯叭为细叔；他的父亲应该是老大，水生的父亲为老二，扯叭便是老细了。

文龙与水生的年纪相仿，那么憨狗虽与水生同辈，岁数要大了差不多一辈。

东头的历史写到扯叭的父辈，推想已经开始走下坡路了。到了憨狗、水生这一代，就不用说业已滑入到了贫困线上。关于上两辈人的情况，水生和文龙他们都不甚清楚，双方的父亲消失了时，他们都很小，最多只知道些经过后人加工了的、曲老万的那些传奇故事。说正经事，扯叭也是一问三不知。我为此问过父亲，他也摇摇头，说不晓得。父亲只比水生他们大个几岁。而憨狗的事情，父亲倒是记得一些。

父亲说，憨狗做事，有一把好力气，一乘禾斛，别人要两个人抬着走，他一肩扛起来跑。那时曲家湾里有一伙狮子，团近闻名。有年正月，狮子舞过岔港街，街上众人聚观时，一些好事之徒上前寻衅，扬言要拔光曲家狮子身上的丝毛。这时，憨狗脱光了上身，大吼一声，当啷啷抖出一柄大刀，跳身狮前，呼啦啦舞出片片雪花，吓得那些企图闹事的人连连后退，并惊出一身冷汗，若再不识相，恐成刀下之鬼。就这样，曲家湾的狮子队伍，一路喝彩，舞过了岔港街，也因此而名声大噪。

憨狗同曲老细一样，也曾一度让曲家湾人引以为荣。曲家湾因村小人少，为了免受外人欺凌，自古便有习武之风。比如我父亲那一代人，儿时大抵都练有两手。我记得他们在一起时，闲来无事，曾回忆过各自练了些么事功夫。我所听到的，是父亲练了双刀，崇智是大刀，文涵是长枪，水生是齐眉棍，章经是猴拳等等。适逢全国解放，他们的功夫全都荒废了去。村里也因此不再有如老细、憨狗那般出类拔萃的武学人才了。

当豪猪一家勃兴、在曲家湾一花独放之际，国民党政府已经风雨飘摇，兵败如山倒了。这期间，憨狗一家遇到了天大的难事。他家有一亩把地和一块两斗丘的田，日子还过得去。但不知是何原因，他父亲曾借过别人几十块银元，利滚利还不起，催债的人就经常索要。后来债主提议憨狗，不如卖了他的两斗丘，还了债还可有些进项。憨狗坚决不肯。再后来逼债尤甚，憨狗一气之下卖了壮丁，用卖壮丁得来的钱还清了债，还剩了些钱贴补家用。但他这一走，撇下了年轻的妻子和幼小的儿子，就再也没有回来！

自从朱元璋与陈友谅在鄱阳湖大战之后，曲家湾一带就未曾燃烧过战火。别的地方打得昏天黑地，而这里依然是宁静的港湾。抗日战争时期，日本佬在都昌，占据的军事要地是西岸的左蠡咽喉处，偶见插有膏药旗的一艘汽艇驶过来，到了岔港又折回去，亦未下岸烧杀，只是巡逻一阵便滚蛋了。曲家湾人对于战争，只有恐惧的传言，没有真实的体验。

日本人在左蠡驻军，有多少兵力，我没有查阅过资料。但知道那时，没有过国军与之交战，也似乎没有过游击队的骚扰。

只听说日本鬼子因一件事，就杀光了一个村庄的几百口人。说是有个新媳妇走娘家，带了一把雨伞，路上遇到了一个骑马送信的鬼子兵。这家伙见了女人，立刻下马，实施强奸。不管女人怎么挣扎，鬼子一把按住了女人，又把马的缰绳绑在一只脚上，免得马跑了去。这位中国女人羞辱无比，又挣扎无效，遂拿过雨伞，用力一撑——谁知伞一开，把个军马吓了一跳，立刻惊悚地撒腿就跑，拖着那个脚上绑有缰绳的日本兵，狂奔了好几里远。不用说，那个鬼子兵被拖得血肉模糊，死于非命。就这样，驻扎左蠡的鬼子全体出动，实施了一次惨绝人寰的报复行动……

传言归传言，曲家湾人毕竟没有亲历过战争的残酷。扯叭也好，憨狗也罢，他俩之所以投军从戎，是被生活所逼，也似乎没有想到过死亡。憨狗也可能受了扯叭的影响，以为自己也可以死里逃生，从而白赚了些许的银元。岂知他那一去，就杳如黄鹤。

听了关于憨狗的故事，我小时候一直心存幻想，凭他的一身本领，无论如何可以保全性命，即使逃不回来，去了台湾，它日台湾解放，完全可以回归故里，与妻儿重聚。这显然是充满了孩子气的天真想法。

憨狗走了，便苦了他老婆金香母子几个。

因为想念丈夫，金香的眼睛哭坏了，眼圈总是红红的烂了一般。后来又发疯了。

金香疯了的情形，我至今记得一清二楚。

每年秋末冬初，金香就开始发作。她发作起来样子十分吓人，身上脏兮兮的，衣衫撕烂了，眼睛直勾勾的，又披头散发，脸也扭曲变形了。我们不敢靠近，只远远地偷看。只见她一会儿狂笑着手舞足蹈，一会儿嚎哭着跪天拜地，全由着性子来。有时高兴了，她就嘶哑着声音唱起歌来：

拍巴掌，百花开，
风吹燕子过港来。
一年十二月，
月月有花开。
今朝不开明朝开，
明朝不开后日开。
冬季过后春花开，
莲花开了桂花开，
九月还有菊花开……

这是我们从小就学会的一曲儿歌。金香也如细伢得一般，唱得十分带劲。每逢那时候，我们一帮崽俚也跟着合唱起来，大家竟忘记了她是一个疯子。可是当唱到“九月还有菊花开”这一句时，她忽然停住不唱了，俄顷之间发出一声撕肝裂肺的长啸："天哪——我只憨狗哇，你还不死到屋里来是？……"这突然的变故，往往吓得我们心头一阵激灵，傻傻的待着不知如何是好。

紧接着，她就号啕大哭起来，嘴里哭诉的什么，却是含混不清。我想这时节，一定是憨狗曾经卖壮丁离乡背井的日子。

金香在平日里，人清爽时，待人有礼有节。一旦心智失常，就根本无法控制自己，也同时不受制于任何人。扯叭要是打她，她也敢于还手，甚至骂些不干不净的话。扯叭火了，拿来绳子，将她绑在厅里八仙桌的脚上。但是她每每都可以挣脱。挣脱之后，就四下逃窜，跑到山上涧里，田洼地沟那些无人区藏起来。这就苦了文龙文虎了。

有时候在半夜，听得到文龙文虎凄厉的叫唤声："娘哎，你在哪里哟……"

"娘哎，到屋里来呀！"

"……"后来喊声变成了哭腔，忽远忽近，叫得我身上的汗毛都竖起来了，急忙把脑袋缩进了被窝。

左邻右舍

我记事时，章印老倌已做了八十大寿了。他长着一颗又圆又大的脑袋，没有头发，不知道是剃光了，还是掉光了，反正头皮的颜色如同身上其他肤色，肉嘟嘟的。

章印老倌一年四季坐在或躺在摇椅上，身上自然是长褂子、便裆裤，或长棉暖子，夏天才穿白洋布单褂。他高兴时，就咧开大嘴嘎嘎地笑着，让人感到慈眉善目的亲切。多半的时间里，就闭目养神，睡着了便打呼噜，很响亮，厚厚的嘴唇被口腔呼出来的气体，鼓吹得一张一合的抖动。屋里来人了，或者有甚响动，他就睁开沉重的眼帘，眯缝着眼睛看看，认为与自己无关时，眼皮子重又合上，一会儿，呼噜又响开了。

在曲家湾，章印老倌是收获甜言蜜语最多的一个人。他只要醒着，又有人同他搭话，就总是乐呵呵的合不拢嘴。有人恭维说："老倌呐，你真是前世修得好啊！崇智又孝道，总是斫个半斤四两的荤腥让你保养身体……"

"你是俺曲家湾的老寿星，还要活一百二十岁，活一千岁哟！"

"你看你吃着二字不愁，又儿孙满堂；你看你几只孙子，个赛个得，又精神又调皮，又长得好……"

章印老倌对这样的话听得多了，耳顺了，就不再推让谦虚了，说什么"哪里"、"是你说得好"之类的话去应酬，那样就会招来更多曲意逢迎的啰唆话。他于是只好荷荷地点头笑着，懒得应嘴了。

小人物的家世，隔了几代，均无可圈可点之处，那些平淡无奇、鸡毛蒜皮的小事，说着说着，在几代人的口头传递过程中丢三落四，渐渐就变得模糊不清，没有多少令后人记取的东西了。譬如章印老倌，他曾经生活在我儿时的记忆里，我便记得了他的音容笑貌。我想他的孙子们，所记得的关于嘎嘎的生平事迹，也好不到哪里去，无非比我具体些而已。我曾问过冠孙、亚孙和季孙，你嘎嘎除了种田，还做过么得？他们都摇摇头，表示无可奉告。关于此，崇智应当清晰一些的。然而崇智要谈论自己的父亲，估计也只是鸡零狗碎的残片，串连不起一个耄耋老人的完整形象。我倒是晓得了章印老倌的一个重要政治身份，政府管辖下的一个甲长，相当于现在一个自然村的村小组长。在一个国家的官僚体制内，甲长的政治地位是连吏也算不上的小角色。保长也都不是。官员们的职责，自古以来，大抵是下属对上司负责；更何况那个时代，也只是在明面上刚刚摆脱封建专制那一套，根本就不存在官老爷对下级及百姓们履行服务的职能。是故农村的乡、保、甲长们，所做的一切公务统统只对县衙负责。早在中国的电影银幕上，我们就熟悉了保长的形象，几乎全都是些可憎可恶的角色。他们戴着瓜皮帽子，拎一面铜锣，沿村敲打，喊着破锣嗓子，或拨拉着算盘征粮催税，摊派杂工，总之干尽了为虎作伥的坏事。甲长便是这种人的手下，是最小的喽啰级人物。解放以后，保长们被划作了历史反革命分子，而甲长却是不予追究的团结对象。我想，大概由于甲长身份太低，逐级传递到他们手中的权力太小，没有跟着作威作福的资本，干不了多大的坏事罢了。他们最多在办公事时出了大力，被上司赏一碗酒喝，村庄上逢了喜会弄个上座，调解纠纷时得酬一碗面条加两个鸡蛋，还有别的一些小“涎头”，油水不是很足。至于一年到头的工资来源何处，帮办买卖壮丁事宜有否回扣，其他杂七杂八的进项若干，这都只有当过甲长的人自己心里清楚。

总而言之，章印老倌在曲家湾曾经是一村之长。在乡村，尤其在政治动荡的国民党执政时期，大凡保长甲长的人选，既非有钱有势人家，又非家徒四壁的户子，前者不屑为之，后者又没有号召力。由此推之，章印老倌出任甲长时，家境尚有一般，既饿不死也胀不死的那种经济状况。

自从崇智当了大队支书，章印老倌的面前，呈现出一片莺歌燕舞的景象。大队一把手，职务就相当于过去的保长（比章印大了一级），但其所履行的行政职能，却不可同日而语。那时候，经过土改运动的暴风骤雨，农村人一个个“神死神服”。我记得刚成立公社时，大队干部下村，捉人到生产队里做事，有谁不从，说绑人就绑人，说游斗就游斗，其做派如同大革命时期的打土豪分田地。估计初时没有实行工分制。招佬姨娘等几个女人，那时已徐娘半老，不愿上工做事，总是东躲西藏。一听说干部来了，就鸡飞狗跳的四散逃遁。只有崇智的老婆，愿做就做，不做就随便找个理由待在屋里，没人追究。由此不难想到，上世纪六十年代中期发生的文化大革命，其批“走资派”，斗“当权派”，那戴高帽子游斗的做法，可以上溯到土地革命时期；遗憾的是他们成了“始作俑者”，无论如何想不到，这样的革命方式竟革到自己头上来了……“文革”前，崇智虽为人不事张扬，又处处示好于人，却依然威风八面。这不仅仅是他个人乃至家族的荣耀，而且是曲家湾人的集体骄傲。

耳听是虚，眼见是实。想想历史上的老八、老细、老万之流，即使所传非虚，也已成为过眼烟云，何况他们并非正经八本的朝廷命官，也不是“正材”。曲崇智则是村里有史以来，由红朱大印任命的“地方官”。在村人看来，共产党坐天下，大队书记就是正经八百的官老爷。我想象不到，当初崇智走马上任时，村里人是如何热烈朝贺的。但我在后来，从他们唯唯诺诺的言行中，深切地感觉了出来，感觉到了大家的满心欢喜，和无条件的臣服。

村人对崇智的那种喜欢与臣服，在章印老倌身上也反映得出来。

季孙与我同庚，也是同年上的小学。他为人聪明调皮，但一点也不喜欢读书。我不记得他上课时认不认真听讲，但作业可是做得一塌糊涂。比如写生字（我们读书从一开始就使用毛笔，谓之“划红簿”），曾见他作业本的一个页面，用毛笔涂写了东倒西歪的、大大的三五个字。老师看了，只能摇头，但又奈何不得他。读书时我们挨过老师的打罚，季孙没有那样的经历。一次他到生产队里的图书室（章驰老倌家的一间茶厅房），偷来了一本连环画（1958 年的都昌，搞过扫盲识字，各村也设过简易阅读室，仅供参观，但不开放），叫《白手起家》，他自己不看，我只花了一小把热豆子，就换得一读。有一年夏天，我们已上了二年级罢，他嘎嘎章印，拿了一块钱，叫他“上社”（供销社合作商店）买几斤盐来。他却买了几角钱一只的花皮球来，盐是肯定少买了。章印拿过盐来，掂掂分量，觉得少了斤两，拿过门秤一称，果真就少了许多，便把季孙找来，说一块钱应该可以买得几斤几两的盐来，若个少这么多。季孙心里早就盘算好了应对之策，不慌不忙地答道：“盐长得价。”

不说油盐之类事关国计民生（国家统一牌价），轻易是不会浮动价格的，而且这种生活必需品，人们随时都晓得价格的变化情况，是灵敏度最高的一种商业信息，无论如何瞒不过去的。这一点，小小的季孙是不曾料想的。最终，他当然只能在逼问下，承认自己作弊买皮球的事实了。

这件事要是发生在别人的家庭，像季孙这样的行径，触怒父母是必然的，挨打受骂没有话说的。若是我犯了如此弥天大罪，说不定被拆了骨头呢。但是，章印老倌不但不恼，反而很快活地将此事告之他人：“季孙里只鬼东西，叫他去买几斤盐吧，他偏偷闪得买只皮球来戏得；要问盐怎么少了斤两，说是盐长得价……你说说看，里只崽俚调皮设法不啰？嘿嘿，真是……”

别人也都听出了老倌的话音，他是为孙子的如此聪明机智掩饰不住内心的高兴呢。再说，即使老人着恼了，也没有人会火上浇油的。一般人都是这样的附和：“季孙崽俚真精神，晓得哪样咯打谎哩。不哪样咯就过不得关呐……要换了我屋里只鬼东西，就是想破了脑壳，也想不出法子来的……”

章印老倌听了，自然是乐得又一阵的哈哈大笑。

听说崇智知道了这事，还是很严厉地把他的这个小儿子训斥了一顿。

崇智屋里，在那特殊的年代，毫无疑问，成了曲家湾男人们乃至全村人的活动中心。举凡大事决断，小事聚议、派工、记工等事关政治、经济、礼仪、文娱等项活动，都在他的厅堂或门前的坦场上进行。

就南北二头而言，章印老倌的这幢屋子，正好坐落在村中腹地。屋后是香火厅，生产队里的保管仓库及牛栏，屋前有荷得老倌、老钻的五树屋，东有豪猪的棋盘屋，西有文涵家改成的七树三间屋；文涵的屋后是章驰老倌的棋盘屋，房前便是南头的几栋小瓦屋。章印老倌的家，也就占尽了天时地利人和。

在这个枢纽地带的“官邸”，最活跃的分子莫过于章驰老倌的几个儿子——崇仁崇义兄弟。

章驰有五个儿子，两个女儿。儿子依序叫作崇仁、崇义、崇德、崇礼、崇节。崇德当兵去朝鲜复员后，分工在南昌；崇礼学了桶匠，多在外地混生活。唯崇仁、崇义、崇节三人待在曲家湾。这一家子在当时，是村庄上人丁最为旺盛的一支，一不高兴，随时可以来点“沙文主义”的。

在讲究人治的社会秩序当中，所谓“人和”，其实不单指邻人之间的和睦相处，更多的倒体现在“和者盖众”方面。在曲家湾，以崇智为首的族人，相对别的村庄，要政通人和许多。而在乡音俚曲演唱过程中，崇仁兄弟很自然就做了领唱和主唱的角子；毫无疑问，崇智是捏了指挥棒的。文涵作为队长，却并不扮演主角，为人做事说话，总是低调处理；当天的工分记完了，次日的工夫派完了，又没有别的什么大事要议，他就开始打哈欠了，把脑袋夹在两条大腿中间，抬不起头来，于是常常提前起身离座，说声“好晏了”，就回家上床睡觉去了。

自从章经老师在我读小学二年级时，表扬了我作文写得好，并在官家垅、新屋于家及曲家湾四处散布舆论，说文魁有读书的天性，将来前途之不可限量云云，父亲便开始对我刮目相看了。晚上队里记工、开会，我跟着去，且总是坐到深更半夜回来，他也不恼，多半依着我。父亲开始以我为荣了。因为这样，我就有机会进入大人的世界，体会到同龄人不感兴趣、不去关注的许多人情冷暖，曲折地品咂出世态炎凉。我不知道这对小小的自己，是一种收获，还是一种伤害。

村里开会议事，文涵总是先来几句简单的开场白，把本次讨论的议题抛出来，最后说声“大家说说看”就完了。起初的发言，从来都不踊跃，都是一个劲地吃黄烟，只听见敲烟棍的声音和此起彼伏的咳嗽声。常常又是文涵点名：“庄稼头哩，你说哩？”庄稼头是村里给我父亲起的一个“尊称”，意思是表彰他的干活卖力、做事内行。但这只是公社化后，往往又是怂恿父亲做些什么时叫出来的。每逢此时，父亲也总是小心地应道：“大家说，大家说……”在一些大事上，只要崇智不在会场，谁说的都作不得数。如果只是涉及车塘取鱼、砍树做屋、油粮分配、工分评定等大事，最终拍板的，基本上是崇仁兄弟。凭良心说，崇仁在决策问题上的唯我独尊，也不全是他的错。别人都不作声，不表达自己的观点，他说了就一锤定音了，这怪得谁来？村里男人的一个普遍心态，是等待别人的表态，心里都想：反正吃亏的不是我一个人。经过无数次的如此场景叠印，崇仁、崇义也经过无数次意志自得的累积，曲家湾开会的结果，于是总似乎由一家人说了算。村里众人也总是在会后跳蚤埋怨虱，说崇仁、崇义的怪话。

我经常在会上目睹了崇仁的“飞扬跋扈”，在事后听了村人的议论，幼小的心里就堆积了对其不满的块垒。

其实崇仁是一个很有意思的人。

崇仁小时应该读过好几年的私塾的，不光乃父章驰本身是个读书人出身，那时候他家还未完全衰败殆尽。他的那双高度近视的眼睛，不是因为用功读书，而是先天性遗传。土改时他也十分积极，有进取仕途的意愿，但突然因血吸虫病腹水，治疗了好几年的光景。那期间，崇智就冒了出来。论读书，崇智没有他读的书多；论家道，崇智只有兄弟一个。这可能成为章驰老倌及其儿子们的一个心结。因为政治上的失意，估计崇仁心里有一个永远的隐痛，却又无处诉说。后来定生产队长时，据说村里有不少人暗里找过崇智，说崇仁太骁勇，当了队长，别人就只能在他下巴捡饭粒吃了。如果这事是真的，那么说明，崇仁兄弟在很早年轻时，就犯下了众怨。然而，崇智是一个极有主见的人，不见得就是听了群众的意见，就决定不让崇仁或者崇义当队长，而是选取了文涵的。世上很多事，都是有定数的。崇仁要是当初不得大肚子病，事情可能是另外一番景象。可是历史没有“如果”。

在背后，我与二和尚他们，都骂崇仁是眯眼。当然不敢公开叫嚣。有钱有势的人的外号，如果当事人不接受，是叫不出口的。况且崇仁的儿子瓠子，年龄比我们大，又力大无比，惹上了他，挨打是没有商量的。

眯眼崇仁高兴的时候，总是无端地呵呵大笑。他的嗓门，在曲家湾算是最大。他要骂人便是眼见为虚，耳听是实。他几乎看不清任何物事。他喜欢读书看报，但眼睛与书报是零距离的亲密接触。他一辈子没有戴过近视眼镜，便不知道他的眼睛到底近视到什么程度。现在想来，怕是有一千多度。他走路时，双脚不敢离开地面，探着走，非常缓慢。你不叫他，他不知道你是谁。在他的面前，任何人都是一个模糊的影子。最能说明问题的是他抽黄烟的细节——与文韬老钻相比，就是两个极端。

……

附录：回忆都昌“三张半嘴”

座谈时间：2005年1月15日晚于邱林家

座谈人员：杨廷贵、邱林、李志强、詹双喜

杨：刚才和罗卖九在一起吃晚饭，他的哥哥叫罗振华，在早年被称为“高见”。说到“高见”就想到都昌的“三张半嘴”。其中的“三张嘴”是张通明、何盛生、魏先进，“半张嘴”是吴宗桃。他们是我县解放以后早期政界的精英式人物。

詹：都昌出现“三张半嘴”，是上世纪五十年代到七十年代的事情，为什么有些人会因为说话名声就这么大？又为什么都出现在官场上呢？其实，在农村也有很多会说话的人，由于他们没做官，他的影响面不是那么大，或晓得的人不多。

杨：为什么把“三张半嘴”叫文化现象？刚才詹双喜说有文化的人很多，为什么人们认同官场上的几个人？因为当了官就影响面大。在农业文明时代，才华非要通过政治舞台来体现不可。

早年，魏先进在我茅铺公社当书记，我那时是学生。我的父亲当时是生产队长，开过会，他说魏先进真会说，在听大会讲话时，其中他记住了魏说过的“关公门前撒大刀”这句成语。魏先进在那时候会成语典故，可见水平不俗。但我没有听他演说过。上世纪七十年代初期，张通明任县革委会副主任，相当于现今的副县长。那时是周遇炳当县委书记，张通明应当是他的高参和得力助手。我听过张通明讲话。他主持会议的时候居多，说话口齿清楚，声音洪亮，逻辑性强，能产生一种震撼力。

再一个是何盛生，我对他的认识和了解应该是上世纪八十年代以后，他是从县委办公室主任位置，到当宣传部长，到县政协主席的。我也听过他的几次报告，他主要是条理清楚，说话不温不火，也是逻辑性强，一头说过去，一二三四五，不要讲话稿。这三张嘴应该是名不虚传的。吴宗桃是“半张嘴”，我有过接触，我是1970年到县铁矿做民工的，那时吴宗桃当铁矿革委会主任，也就是矿长，他最会说的是方言俚语，四言八句，很幽默。这“三张半嘴”在都昌县如此享有盛誉，肯定有文化和历史的渊源，以及在当时的干部队伍里面是文化素质意义上的佼佼者。

再说罗振华，他在大沙公社当书记，我村杨木寿能够读上北大，是靠了他的推荐。我到县里来了以后，罗振华的声名是不绝于耳，所谓政界都难免要谈论罗振华，他的外号就叫“高见”，实际上是“高参”的意思。他一生中第一是聪明，第二是工作能力强，第三是人事关系好。“三张半嘴”加一“高见”，是都昌县解放以后三十年多年间，一种比较独特的现象。

李：我觉得会说话的不外乎两类：一类是逻辑非常严密，条理清楚；二类是有点耍嘴皮子的味道。在大场合说话，还是前者。“三张半嘴”加一“高见”，在那种年代被人们推崇到了这个分上，我觉得是特定时期的产物。

杨：他们当时所面对的，是适应他表达自己的那种话语系统的听众，这个非常重要。都昌民间历代不断出现会说话的人，这与省志上说的“都昌人好讼”可能有关。就我所知，吴金才当过都昌县委书记，他很会作报告，他靠会说话征服了很多人。这之后，柳国发也很会说话，别人都佩服他。到了八十年代末，刘极灿会说话，他在会上作个报告不要稿子说两个钟头，你记录下来便是一篇非常好的材料。这就证明了两个问题，第一是他真的会说，真的能够征服听众；第二是凡是会说话的人都是有能力干工作的人。否则就是“寡嘴”。

詹：实际上，一个人会说话，或是语言表达能力强，我估计还可以从语言技术方面来探讨。会说话的人，本身具备了很强的语言表达能力，但是他在说话过程中绝对经过了深思熟虑，不是什么信口开河。

李：自古以来，出现了许许多多会说话的人。刚才我觉得纯粹会说的不一定会做，杨主席说的几个人，他们不但会说还竟然会做，这样一来，他的说是做的另一种表现形式，这样的语言显然就不一样了。

杨：说，也是一种工作。当你在表达你的观点的时候，这里面有很多讲究，但不是技巧。第一，你对你管辖的东西要烂熟于胸，非常清楚。第二，你对上面的政策又非常理解，上挂下联。第三，注意对象，你用语言方式交流的时候，不要“对牛弹琴”，要认准受众对象。第四，通篇讲话的逻辑性、条理性要清楚。第五，语言要有感染力，这主要表现在语言的节奏，语言的生动活泼等方面，你会说恐怕是这几个方面。语言技巧主要表现在外交、辩论方面。

邱：这使我想起了家乡一个会说的干部，那时，谁家有么纠纷，他去了往桌前一坐，几句恰当的话一说，这问题也随之解决了。之所以官越当越大，并不一定是他会说，他还会做，抓农村工作有板有眼。我举这个例子，是说明那些会说且能做的人应该是了不起的人才，也能成就一番事业。

杨：会说绝对是以会干为基础的。我们所说的“会说”，是指能干成事的“会说”，能够赢得他辖区的那些人们认可的“会说”，假如他硬是一只卵用都没有，他会说就是一张寡嘴。邱林刚才举的例子，这个人绝对是能干。他即使不当村干部，村民有么事叫他调解，他绝对调解得双方服服帖帖的，双方都服，威信有时候又不完全靠权力支撑。

李：同样的话有时候看在么人口里出来，其结果截然不一样，以他当时的身份、环境、平时的作为，还有听话的对象是不是相符，是这么一系列的因素组合起来的。

詹：我想到了中国古代一个故事，说一个人请客，有个客人没到，这人就说该来没来，已到的客人琢磨了主人话语中的意思，便走了。实际上，会说的人绝对有谈话技巧，不光是官场上的人会作报告之类。民间有很多人会说，也是谈话技巧的原因。

李：我对农村人的那种说话技巧是非常生厌的，看似他说话有技巧，很聪明，如果是朋友在一起交流，转过来转过去推磨一样，倒不如来得快捷些、来得真诚些。本来说话的内容并不复杂，但经他一搞，事情就复杂起来了，这是很可笑的。

邱：时势造英雄，社会很需要会说话的人来从事组织、教学、外交、法律等工作。

詹：声音作为语言的一种表现形式，它的魅力永远是无穷的。

杨：能言善辩永远是某个群体中的一道亮丽的风景线。

詹：早年，我家乡有个队长一点不会说，只知道机械地派工，到乡里开会，回来什么都忘记了，传达不了会议精神，木讷得很，我觉得很可怜。

杨：在这个话题上产生延伸，就是会说有时候对自我保护也是一种武器和护身符。我在三十五岁以前一点都不会说，当然也不能说我现在会说，我一直不会说。三十五岁以前，受到极大的冤屈，如果打算找厂长说话的时候，说了一句话就说不下去，浑身打战，有时候受到冤屈只晓得流眼泪。1985年，我到县委党校读书的时候，就有意识地注意训练讲话、演讲、发言，我今天的脸皮如此之厚，与这段经历分不开。后在1988年投标当厂长时的演说，其前期准备应该是读党校的两年。会说的是自我保护的武器的一种，也是工作中很重要的一翼。但不能会说就去伤害别人。

（邱林根据录音记录整理）

图书在版编目 (CIP) 数据

番人后裔 / 杨廷贵著 . -- 北京 : 生活·读书·新知三联书店 , 2014.4
(走向田野)
ISBN 978-7-108-04304-7

Ⅰ . ①番… Ⅱ . ①杨… Ⅲ . ①散文集 – 中国 – 当代
Ⅳ . ① I267

中国版本图书馆 CIP 数据核字 (2014) 第 017103 号

责任编辑 樊燕华
装帧设计 薛 宇 张 红
责任印制 卢 岳
出版发行 生活·讀書·新知 三联书店
北京市东城区美术馆东街22号
邮　　编 100010
经　　销 新华书店
网　　址 www.sdxjpc.com
排版制作 北京红方众文科技咨询有限责任公司
印　　刷 北京市松源印刷有限公司
版　　次 2014年4月北京第1版
2014年4月北京第1次印刷
开　　本 635毫米×965毫米 1/16 印张 11.25
字　　数 100千字
定　　价 28.00元

（印装查询：010-64002715；邮购查询：010-84010542）